바다로 간
산비둘기

바다로 간 산비둘기

ⓒ 정용탁, 2025

초판 1쇄 발행 2025년 11월 4일

지은이	정용탁
펴낸이	이기봉
편집	좋은땅 편집팀
펴낸곳	도서출판 좋은땅
주소	서울특별시 마포구 양화로12길 26 지월드빌딩 (서교동 395-7)
전화	02)374-8616~7
팩스	02)374-8614
이메일	gworldbook@naver.com
홈페이지	www.g-world.co.kr

ISBN 979-11-388-4920-3 (03810)

- 가격은 뒤표지에 있습니다.
- 이 책은 저작권법에 의하여 보호를 받는 저작물이므로 무단 전재와 복제를 금합니다.
- 파본은 구입하신 서점에서 교환해 드립니다.

바다로 간
산비둘기

정용탁 지음

머리말

비바람이 지나간 숲길을 걷다 보면 바닥에 나뒹구는 썩은 나뭇가지를 쉽게 만난다. 제 할 일 다 하고 푸른 가지 사이에 숨어 지내다 자리를 내준 삭정이다.

머릿속 생각을 글로 풀어낸다는 것, 말처럼 쉬운 일이 아니다. 더구나 글재주와 거리가 먼 나에게는 풀기 힘든 수학 문제보다 더 어렵게 느껴졌다. 괜히 시작했나. 포기하고 싶은 때가 한두 번이 아니었다.

그럴 때마다 마음을 다잡고 내게 말했다. 네가 하고 싶은 얘기 하면 그만이지 왜 자꾸 형식에 매이고 미구(美句)에 현혹되어 본래의 색깔을 퇴색하게 만드냐고. 삭정이가 떨어져야 나무가 더 건강하게 자라는 것처럼 군더더기를 털어내야 글이 살아나니 쓸데없는 멋 부리지 말라고. 수없이 스스로를 질책하며 한 단어, 한 문장을 더했다.

그렇게 스스로를 어르고 다독이며 여기까지 오게 되었다. 아직도 갈 길은 멀지만 잠시 쉬어 간다 생각하고 어지럽게 흐트러진 글들을 다듬어 한군데 모아 본다.

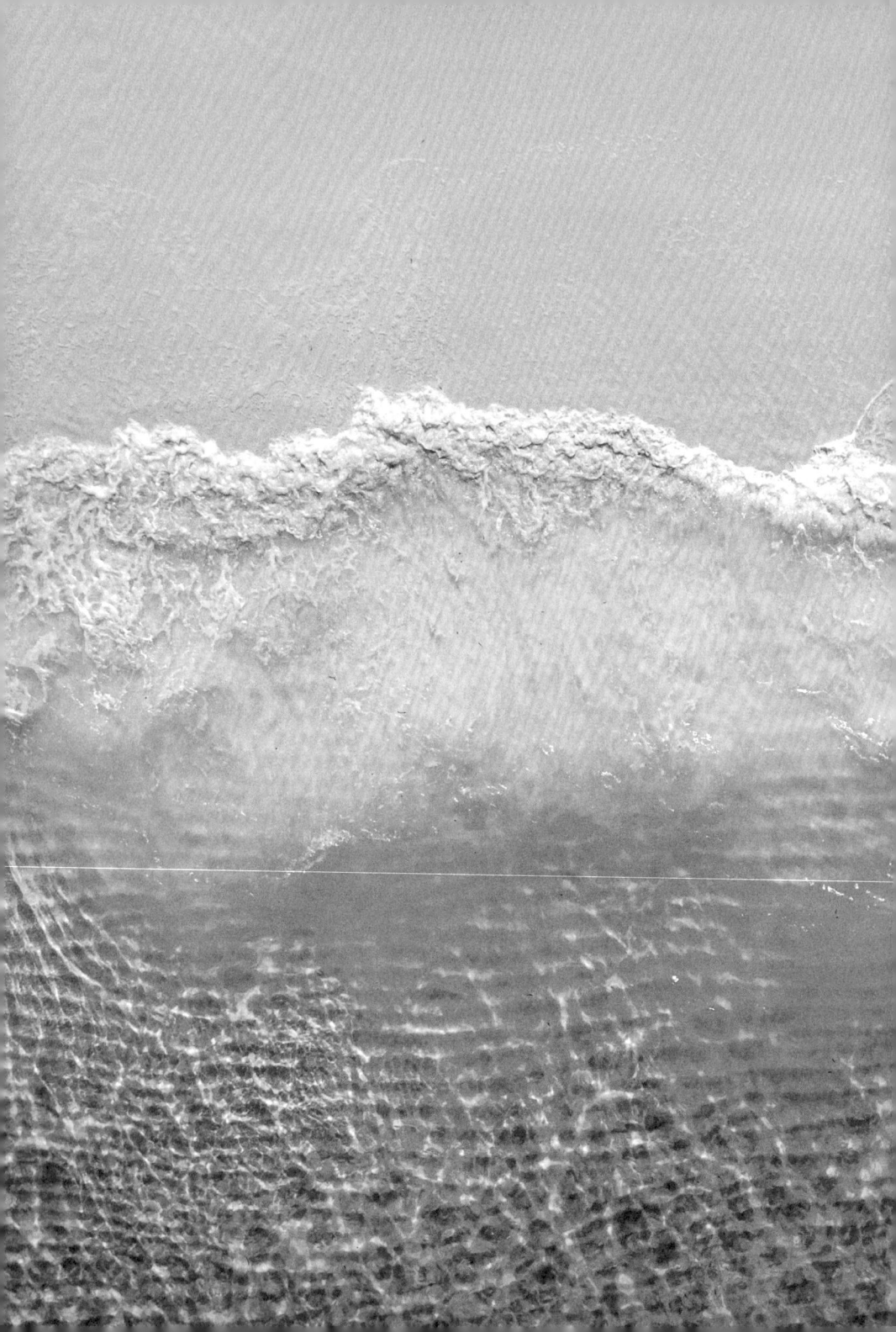

목차

그림자놀이
8

캔버스 속의 들국화
30

비 오는 날의 오후
50

멍게와 민달팽이
70

바다로 간 산비둘기
91

갈매기의 첫 비행
108

제로섬의 주민들
121

그림자놀이

프롤로그

그림자는 빛이 만든 형상이 아니라 내면에 잠재된 자아의 표출이다. 그림자가 퇴색하면 주인의 삶도 빛을 잃는다.

꿈을 꾸었다.

캄캄한 방 한가운데 그가 서 있다. 그런데 이상하다. 빛 한 줄기 들지 않는 어둠 속에서도 그의 눈에는 모든 사물이 훤하게 들여다보인다. 미닫이문 옆의 앉은뱅이 책상도, 그 위에 걸린 액자 속 조그만 글귀도 또렷하다. 〈삶이 그대를 속일지라도 슬퍼하거나 노하지 말라. 슬픈 날을 참고 견디면 기쁨의 날이 오리니.〉 그의 누이가 중학교 때 설악산 수학여행길에 사 온 것이라 들었다. 글귀 옆에 박제된 에델바이스, 유리에 납작 눌어붙은 꽃잎에 매달려 스스로를 하얗게 불사르는 여린 솜털들의 서러운 몸부림이 시리도록 애처롭다.

등잔불을 밝히려 성냥개비 하나를 꺼내 성냥갑에 드윽 그었다. 치지직. 푸른 섬광이 번쩍 어둠을 가른다. 그러나 그것도 잠시, 순식간에 사라져 오히려 방안의 어둠을 더 짙게 만들었다. 한 개비를 더 꺼내 다시 그었다. 푸지직. 이번엔 섬광조차 일지 않는다. 또 하나를 꺼내 힘껏 문질러도 마찬가지. 미끄러지고, 부러지고, 도무지 불붙을 기미가 보이지 않는다. 그래도 포기하지 못하고 등잔불을 밝히겠다는 일념으로 성냥개비와 실랑이를 벌이다 꿈에서 깨어났다.

  며칠째 같은 꿈이다. 악몽은 아닌데 깨어난 후에도 뒷맛이 영 꺼림칙하다. 왜 불이 붙지 않았지. 꿈속부터 따라다니는 물음표가 뇌리에 박혀 떠나질 않는다. 머리는 멍하고 몸뚱이는 물먹은 솜뭉치처럼 축 늘어졌다. 정신을 차리려 두 팔을 벌려 힘껏 기지개를 켜 보고 가슴 뼈 근하도록 깊게 심호흡을 해 봐도 깊이를 가늠할 수 없는 자아(自我)의 늪에서 허덕이는 무의미한 몸부림, 도무지 나아질 기미가 보이지 않는다. 만사 제쳐 두고 아무도 모르는 곳으로 훌쩍 떠나고 싶은 마음이 굴뚝같지만, 숫자판 뒤에 숨은 톱니바퀴에 얽매여 째깍째깍 돌아가는 시곗바늘 같은 신세. 회사에 발이 묶인 현실을 탓하며 억지로 집을 나섰다.

  바쁜 출근 시간. 좁은 골목길을 가득 메운 사람들이 버스 정류장을 향해 빠르게 흘러간다. 항상 그랬듯 그 역시 무심하게 흐르는 출근길 무리에 몸을 실었다. 꿈 때문일까. 평범했던 일상이 오늘따라 흉흉한 괴담이 떠도는 으스스한 마을 한복판에 발을 들인 기분이다. 아침 햇살에 옆모습이 반사되어 흐느적거리는 낡은 찻집 유리창 너머에서 누군가가 자신의 속내를 들여다보고 있는 것 같아 등줄기가 서늘하다. 저절로 걸음걸이가 빨라졌다. 무당의 눈빛처럼 예리하게 반짝이는 찻집 유리창을 곁눈질하며 골목 모퉁이를 잰걸음으로 돌아 나오다 전봇

대에 기대선 낡은 입간판과 마주쳤다. 갑자기 나타난 이 물체에 놀라 가슴이 벌렁거렸지만, 만물상이란 빛바랜 글씨가 끌어당기는 육감에 이끌려 가게 안으로 들어섰다.

인기척을 느낀 주인 영감이 골방에 앉아 반쯤 열린 미닫이 창으로 고개를 내밀었다.

"성냥 한 갑 주세요. 통성냥이면 더 좋고요."

영감은 아무 대꾸 없이 졸음 섞인 뱁새눈으로 그의 행색을 위아래로 훑었다. 귀에 설 정도로 옛말이 된 통성냥이란 말 때문일까. 무덤에서 도망친 귀신 대하듯 눈초리가 살짝 찌그러졌다.

그는 영감과 눈을 마주치기 거북해 가게 밖으로 고개를 돌렸다. 출근길 서두르는 바쁜 걸음걸이와 달리 하나같이 무표정한 얼굴들. 나도 조금 전까지 저들 중 하나였겠지. 저들은 어젯밤에 무슨 꿈을 꾸었을까. 허공을 떠도는 부질없는 의문이 지난밤 꿈에 보았던 에델바이스의 애절한 외침으로 공명되어 머릿속을 가득 채웠다. 문밖을 바라보며 자신의 그늘진 눈으로 타인을 색칠하는 그는 여전히 꿈에서 벗어나지 못하고 있었다.

잠시 그를 훑어보던 영감이 마지못해 골방을 나서며 입을 열었.

"성냥요? 요새도 성냥을 쓰는 데가…"

가래 끓는 쉰 목소리엔 이문 한 푼 붙일 데 없는 하찮은 물건 가지고 왜 아침부터 성가시게 구느냐는 불만이 묻어 나왔다. 그는 영감의 말투가 귀에 거슬려 재빨리 말꼬리를 잘랐다.

"연극하는데 소품으로 좀 쓸려고요. 어제부터 여기저기 둘러보았지만 찾기가 영 힘드네요."

미리 준비한 것도 아닌데 거짓말이 술술 나왔다. 편의점에서 라이터 살 때처럼 건성으로 얘기하면 그런 거 없다고 손사래 칠 것 같아 미리 듣기 좋은 말로 선수를 친 것이다.

연극의 소품으로 쓴다는 말에 영감의 표정이 한순간에 누그러졌다.

"아~ 요 아래 큰길 건너 소극장에서 마당극 하시는 분이구나! 허긴, 우리 집엔 다른 가게에서는 절대 구할 수 없는 옛날 물건들이 꽤 있죠."

말투도 한결 부드럽게 바뀌었다. 쓸모없는 잡동사니와 뒤섞여 먼지나 뒤집어쓰고 있을 성냥 한 갑이 구하기 힘든 특별한 소품으로 둔갑해 영감의 찌든 마음을 씻어낸 모양이다.

오래전에 사라졌을 기억을 더듬으며 선반 구석구석을 살피던 영감이 무슨 큰 발견이라도 한 것처럼 "아~하!" 하는 탄성을 지르며 다락방으로 올라갔다. 다락에서 부스럭거리는 소리가 들릴 때마다 매캐한 먼지가 사다리 계단을 타고 풀풀 흘러내려 숨을 들이쉴 때마다 칼칼하게 목구멍을 파고든다. 그는 눈살을 찌푸리며 헛기침을 쿵쿵거렸다. 그래도 목구멍은 여전히 칼칼하다. 밖으로 나가 침이라도 칵 뱉어내고 싶었지만 영감 눈치가 보여 억지로 참고 기다렸다.

잠시 후, 영감이 어른 주먹만 한 통성냥 한 갑을 들고 내려와 뽀얗게 내려앉은 먼지를 털어내며 혼잣말처럼 중얼거렸다.

"이게 마지막 남은 골동품인데 얼마를 받아야 하나?"

그를 곁눈질하는 영감의 뱁새눈이 더 작게 오그라들었다. 그는 재빨리 만 원짜리 지폐 한 장을 꺼내 영감에게 내밀었다.

"얼마 안되지만 귀한 물건 보관하느라 고생하신 수고비라 생각하세요."

배고픈 새가 먹이를 낚아채듯 날름 지폐를 받아 드는 영감의 입가에 함박웃음이 퍼졌다. 점점이 떠돌던 검버섯들이 눈꼬리가 파 놓은 주름 사이로 숨어들었다. 무쌍하게 변하는 영감의 표정이 마당극을 이끄는 광대의 익살맞은 표정을 연상시켜 살짝 실소를 머금게 만들었다. 그의 미소에 영감도 괜스레 기분이 달아올랐는지 목소리에 흥이 올랐다.

"성냥불 일어나듯 선생네 공연도 크게 대박 나시구랴."

희귀한 소품을 팔았다는 자부심 때문인지 아니면 뜻밖에 손에 쥔 만 원짜리 지폐 때문인지 모르지만, 영감은 대박 나라는 너스레까지 덤으로 얹어주었다.

건성으로 서류 뭉치를 만지작거리며 오전 근무를 통째로 날렸다. 아무리 집중하려 애써도 좀처럼 일이 손에 잡히지 않는다. 사무실도, 책상도, 눈앞에 놓인 서류 뭉치도, 남의 옷을 빼앗아 걸친 겉치레처럼 거추장스럽다. 어떻게 하면 도망칠 수 있을까, 하는 망상이 오전 내내 그를 지배하고 있었다. 궁리 끝에 몸이 좋지 않다는 핑계로 휴가를 신청하고 도망치듯 회사를 빠져나왔다.

회사에서 탈출은 했지만 딱히 할 일도 없고 갈 곳도 없다. 발길 닿는 대로 그냥 걸었다. 생각이 너무 깊어 생각이 없는 걸까. 눈에 비치는 사람들이 희미한 불빛에 그림자 진 실루엣처럼 흔들린다. 마치 물에 번진 수채화 속의 거리를 걷는 기분이다.

어렴풋이 정신이 돌아왔을 때, 그의 발걸음은 마당놀이패의 연습실 앞에 멈춰 있었다. 한참 동안 손에 들린 성냥갑을 만지작거리다 문을 열고 들어섰다. 일 없이 모여 앉아 노닥거리던 친구들이 그의 손에 들린 성냥갑을 보더니 신나는 장난감을 발견한 어린애들처럼 우르르 모여들었다.

"어? 이게 뭐야? 요 귀한 놈을 오데서 찾았을꼬?"

"그러게. 아직도 이런 게 남아 있었다니… 요샌 케익에 촛불 붙일 때 쓰는 종이 성냥만 있는 줄 알았는데."

"이리 줘 봐. 진짜로 불이 붙나 한번 켜 보게."

저마다 한마디씩 거들며 만져 보고, 흔들어 보고. 당장이라도 성냥골에 불을 당겨 아궁이에 군불이라도 지필 기세다. 그가 재빨리 성냥갑을 빼앗아 주머니에 집어넣으며 손사래를 쳤다.

"아서라. 애들이 불장난하면 자다가 오줌 싼다. 글고…"

그가 찾아온 용건을 말하려는 순간 옆에서 지켜보던 먹통이 불쑥 앞으로 나섰다.

"잠깐. 장난 그만 치고 이리 와서 내 말 들어 봐."

성냥통을 뺏긴 서운함에 주춤거리던 친구들이 이번엔 먹통 앞으로 우르르 모여들었다. "왜?" "무슨 일인데?" 말과 행동 하나하나에 장난기가 가득하다. 잠시 어수선한 소란이 가라앉기를 기다린 먹통이 불러 모은 이유를 설명했다.

"며칠 전 누나한테서 전화가 왔었는데. 고수보다는 내가 말하는 게 좋을 거 같아서 고수 말을 자르고 모이라고 한 거야."

장난기로 둘째가라면 서러워할 깍두기가 기회를 놓치지 않고 바짝 다가섰다.

"그래? 누나한테 뭐 좋은 일 생겼대? 혹시 시집이라도 간대?"

말투마다 익살기가 덕지덕지 묻어난다.

"거참, 누가 깍두기 아니랄까 봐 덥석덥석 끼어들긴."

먹통이 코앞까지 다가든 깍두기를 한 손으로 밀어내며 무성영화 시대 변사의 톤으로 목소리를 바꿔 본론을 얘기했다.

"누님께서 말씀하시기를, 얘들아~! 장난칠 생각만 하지 말고, 우리 아이들이 재밌게 즐기면서 공부할 수 있는 유~우~익한 프로그램 하나를 빠른 시일 내에 만들어서 내게 보내거라, 하시었던 것이다."

그리고 잠깐 말을 멈추고 본래의 목소리로 돌아와 당알지게 소리쳤다.

"잘 알아들었지? 그러니 시간만 나면 술 마실 궁리만 하지 말고 제대로 된 아이디어 좀 내 봐."

밀어냈다고 물러설 깍두기가 아니다.

"간단한 문제 가지고 뭘 고민해. 회사 일도 팽개치고 빈둥거리며 성냥이나 사 들고 다니는 놈이 누나 얼굴도 볼 겸 선발대로 갔다 오면 되지. 꼴을 보니 머잖아 회사에서도 잘릴 거 같은 예감이 드는데, 내일 당장 고수가 누나한테 갔다 온다는 데 한 표."

"나도 한 표." "나는 두 손 들고 환영."

여기저기서 앞다퉈 깍두기의 설레발에 맞장구를 쳤다.

"자~ 자~ 그럼 의견이 통일된 거 같으니 의사봉 대신 박수로 낙찰.

짝. 짝. 짝."

깍두기의 너스레에 그는 대꾸 한마디 못하고 선발대로 낙점되었다.

이들에겐 흔히 말하는 위아래가 없다. 같은 대학을 졸업한 동창이며 허물없이 지내는 절친이다. 전공은 다르지만 바라보는 지향점이 하나라 학창시절 동아리로 활동할 때나 지금이나 같이 어울려 노닥거리길 즐긴다. 대학을 졸업하고 각자 다른 회사에 취직하여 시간 내기 힘들었던 시절에도 기회만 생기면 모여 앉아 마당놀이 얘기로 웃고 떠들며 날 새는 줄 몰랐다.

직장 생활에 이력이 붙으면서 퇴근길에 단골 선술집에 모이는 날들이 잦아졌다. 약속 없이 아무 때나 무심코 들러도 막걸리 잔을 기울일 친구가 한둘은 자리 잡고 있을 정도로 서로를 끌어당기는 텔레파시가 통하기에 가능한 일이었다.

그날도 퇴근길에 자석에 끌리는 쇠붙이처럼 단골집으로 들어섰다. 역시나! 어두컴컴한 구석 자리에 앉아 손을 흔드는 낯익은 얼굴이 보였다.

"빨리 이리 와서 엉아 말씀 좀 들어 봐."

깍두기가 잽싼 손길로 자기 옆에 의자를 내밀었다.

"그럼 앉아서 먹지, 서서 먹냐?"

그가 말을 비틀며 깍두기가 권하는 의자를 마다하고 맞은편에 자리를 잡았다.

"무슨 일인데 평소에 안 하던 짓을 하고 그래. 설마 이제서야 형님 모시는 법을 새로 배운 건 아닐 테고."

"맞어! 아직 죽을 땐 안 됐는데 애가 변하긴 했어."

그의 말에 힘을 보탠 먹통이 주방을 향해 빈 주전자를 흔들었다.

"이모, 술이 새요. 주전자에 커다란 구멍이 뚫렸나 봐요."

벌써 몇 순배 돈 모양이다. 깍두기의 얼굴은 벌겋게 달아올랐고 먹통은 혀가 살짝 꼬부라졌다. 만나기만 하면 술독의 바닥을 봐야 직성이 풀리는 그들이기에 놀랄만한 일은 아니다.

"빨리 앉으라고 떼쓸 땐 언제고, 왜 말이 없어?"

그가 빈 잔을 만지작거리는 깍두기에게 막걸리를 따라 주며 채근했다. 잔이 채워지는 것을 지그시 바라보던 깍두기가 고개를 들고 그를 응시하며 조용하지만 단호한 어조로 선언하듯 말했다.

"나 회사 그만뒀다. 낼부터 먹통 일하는 데 가서 죽때릴 거야."

"엥? 밑도 끝도 없이 그게 뭔 소리야?"

그가 황망히 되물었지만 깍두기는 입을 닫았다. 먹통은 이미 얘기를 들었는지 고개만 끄덕인다. 그 역시 이미 짐작하고 있는, 시간이 문제였지 언젠가는 터져야 할 일이었다. 그는 막걸리 한 그릇을 단숨에 들이켰다.

"니미럴, 말하기 싫음 관둬라."

말은 박하게 했지만 자신을 버려야 살아남는 직장생활과 어울리지 않는, 자유로운 영혼을 지닌 깍두기가 겪었을 고민의 흔적이 가물거려 마음이 착잡하다.

"잘 생각했어. 니가 부럽다."

무의식적으로 툭 튀어나온 한마디에 그의 복잡한 속내가 담겨 있었다.

  그날 이후 도무지 일이 손에 잡히지 않았다. 몇 날 며칠을 고민하다 하루는 영업을 핑계로 일찍 회사를 나와 먹통이 일하는 극장을 찾아간 적이 있다.

  "어이 고수, 어서 와."

  깍두기가 그를 반겼다. 먹통은 갑자기 자리를 비운 단역의 땜방으로 무대에 올라갔으니 연극이 끝날 때까지 기다려야 한다고 묻지도 않은 일까지 장황하게 늘어놓는 환한 표정과 밝은 목소리가 학창시절의 깍두기를 다시 만난 듯했다. 화려한 조명과는 거리가 먼 무대 뒤 조그만 대기실이지만 깍두기에게 그곳은 세상 그 어느 곳보다 자유롭고 편안한 공간이었다.

  잠깐 말이 끊긴 틈을 비집고 옆에서 지켜보던 여배우 한 명이 다가와 대뜸 팔짱을 끼며 물었다.

  "아~ 자기가 저 화상들이 말하던 고수 씨구나! 근데 말야, 한 사람은 지독시리도 말 안 듣는 고집불통이라 먹통이고, 한 사람은 쓸데없이 끼어들길 좋아해서 깍두기라고 한다면서? 그럼 자기는 왜 고수야? 북을 잘 쳐서? 아니면…"

  마치 무대에서 연극을 하듯 높낮이를 오르내리는 말투가 그의 흥미를 자극했다. 진한 분장 뒤에 감추어진 어린 티가 그대로 드러났지만, 서슴없는 반말이 귀에 거슬리기보다 오히려 정겹게 느껴졌다. 그가 곧바로 대꾸를 못 하고 주춤거리는 잠깐의 틈을 비집고 깍두기가 잽싸게 끼어들었다.

"참 못 말리는 아가씰세. 이 친구는 할 줄 아는 게 뒷북 치는 거 밖에 없어서 고수야. 연애를 잘해서 고수가 아니라."

그리고 여배우 코앞까지 다가들어 고개를 살랑거리며 한마디 덧붙였다.

"왜, 연애의 고수가 아니라 실망했어?"

깍두기의 놀림에 입을 삐죽 내밀며 힝, 콧방귀를 뀌고 돌아서는 여배우나, 왜? 내가 중매 설까 하며 능글맞게 되받는 깍두기나, 주고받는 말들이 너무나 태연하고 거리낌이 없다. 권위와 돈의 논리에 짓눌려 본색을 잃고 세태에 찌들어 비틀거리던 깍두기의 텅 빈 이미지는 깨끗이 지워졌다. 타인의 시선과 사회적 관념이 지배하는 굴레를 벗어던지고 허물없이 녹아든 깍두기와 스스럼없이 받아들인 극단 동료들의 마음 씀씀이가 어둠 속에 반짝이는 등대의 불빛처럼 그의 잠든 영혼을 비추기 시작했다.

그날 밤, 또 꿈을 꾸었다.

모든 것이 그대로다. 캄캄한 방 한가운데 서 있는 그도, 미닫이 문 옆의 앉은뱅이 책상도, 그 위에 걸린 액자 속의 글귀도, 글귀 옆에 박제된 에델바이스 그리고 하얀 빛으로 이야기를 담아내는 여린 솜털들의 힘겨운 몸부림까지, 어느 것 하나 변한 게 없다.

방안을 한 바퀴 둘러보고 성냥 한 개비를 꺼내 힘주어 그었다. 치지직. 화르르. 성냥개비에 불이 붙었다.

"어라, 오늘은 불이 잘 붙네."

꿈속에서도 신기해 그가 중얼거렸다. 그런데 이번엔 등잔이 보이지 않는다. 등잔을 찾으려 이리저리 성냥불을 비추며 두리번거렸다. 짧은 성냥개비만큼 짧은 순간을 불사르고 사그라든 불꽃이 남긴 여운 너머로 다시 어둠이 밀려왔다. 한 개비를 더 꺼내 성냥통에 그었다. 이번에도 쉽사리 불꽃이 일었다. 성냥불을 치켜들고 방안을 둘러보았다. 그런데 이번엔 등잔 대신 바람벽에 붙어 너울거리는 검은 그림자가 눈길을 잡아맸다. 형체가 모호하다. 저게 뭐였더라. 과거의 기억을 끄집어내려 벽을 향해 돌아섰다. 그러나 그림자는 순식간에 그의 눈 밖으로 사라져버렸다. 살짝 고개를 돌리고 곁눈질을 하면 어렴풋이 눈에 비치다 막상 돌아서면 벽을 타고 휘리릭 등 뒤로 숨어든다. 그렇게 등잔을 찾으려다 마주친 그림자와 밤새 숨바꼭질을 하였다.

  날이 밝아 잠에서 깨어났지만 의식은 여전히 꿈속을 헤매고 있었다. 늦잠을 잔 까닭일까. 아니면 꿈 때문일까. 누이가 있는 곳까지 가는 데 걸리는 시간은 두 시간 남짓. 천천히 출발해도 시간은 충분하지만 이유 모를 조바심이 들끓어 아침도 거른 채 서둘러 집을 나섰다.

  버스에서 내린 뒤에도 무의식적으로 걸음을 재촉했다. 정류장이 있는 마을을 벗어나 다리를 건너고 방앗간 옆을 돌아드는 골목길을 빠져나오니 언덕배기에 올라앉은 나지막한 건물 한 채가 보인다. 도심의 여느 학교와 마찬가지로 산뜻하게 채색된 색색의 모자이크 문양이 동심을 자극한다. 건물을 바라보며 조금 더 걸었다. 언덕을 오르는 비탈길 초입, 양쪽에 적벽돌을 쌓아 만든 네모난 기둥 둘이 서있다. 왼쪽 기둥 중앙에 박혀 푸르스름 변색을 시작하는 커다란 황동 문패에 새겨진 이름. 동심학원. 그가 찾아온 목적지다. 외인의 출입을 막는 철문도 없고, 발길을 멈춰 세우는 제복 입은 수위도 없다.

  그는 긴 호흡으로 조바심을 털어냈다. 산책하듯 걸음걸이를 늦추고 주위를 둘러보았다. 학교로 들어서는 오르막이 마치 한적한 산골의 둘레길 같다. 비스듬히 휘어진 오르막 주변엔 소나무, 밤나무, 참나무, 아카시아 같은, 시골이면 어디서나 쉽게 볼 수 있는 나무들로 빼곡히 들어차 녹색으로 물든다. 굽이를 돌아서자 시야가 확 트이며 학교 전경이 눈앞에 펼쳐졌다. 장난감 블록을 쌓은 듯 앙증맞고 산뜻한 교실, 운동장에서 교실로 올라가는 꽤 높은 계단, 그 옆에 자라난 키 작은 향나무들, 뒷산마루 넘어가는 조각구름까지 한 눈에 담길 만큼 아담하고 소박하다.

  운동장에 발을 들였다. 구두에 밟혀 사각이는 모래알들의 아우성이 오랜만에 찾아온 이방인을 반긴다. 운동장을 가로질러 계단을 오르다 잠시 멈춰 서서 뒤를 돌아보았다. 텅 빈 운동장이 왠지 모르게 허전하다. 학교라면 당연히 있어야 할, 장난치고 뛰놀며 재잘거리는 아이들의 웃음소리가 들리지 않는다. 대신 뒷산에 울리는 산비둘기의 구슬픈 중저음 구애 소리만이 공허하게 메아리 쳤다.

  "무슨 일로 오셨나요?"

  그가 깜짝 놀라 고개를 돌렸다. 계단 위에서 한 여자가 그를 내려다보고 있었다. 처음 보는 얼굴이다. 선생 세 명이 전부인 작은 학교라 모두 안면이 있는데. 당황한 그는 멈칫거리며 그녀에게서 눈을 떼지 못했다. 바람결에 나풀거리는 긴 머리카락이과 약간 붉은 기운이 감도는 커다란 잠자리 안경, 한 손에 들린 두툼한 책의 중간 즘에 검지손가락이 책갈피 대신 꽂혀 있다. 아마도 교실 앞 잔디밭에 앉아 봄볕을 즐기며 책을 읽다 인기척을 느끼고 다가온 모양이다.

"아 예, 저…"

그가 대답을 못 하고 더듬더듬 말끝을 흐렸다. 그녀는 대답을 채근하는 대신 천천히 계단을 내려와 그의 옆으로 다가섰다. 살랑이는 봄바람을 타고 살짝 풍기는 화장품 냄새가 풋풋하게 코끝을 파고든다. 그는 독한 에테르에 마취된 실험용 개구리처럼 마비된 눈길로 그녀를 바라보았다.

한참이 지나도록 그녀는 말이 없었다. 그가 누구인지, 무슨 일로 학교를 찾아와 어슬렁거리는지, 당연히 물어볼 줄 알았는데. 말 한마디 없이 오랜 친구를 대하듯, 그의 곁에서 그가 그랬던 것처럼 텅 빈 운동장을 우두커니 바라보았다. 생경한 침묵이 버거워 숨쉬기조차 거북하다. 그렇다고 먼저 말을 붙이려 해도 무슨 말을 꺼내야 할지 몰라 도무지 입이 떨어지질 않는다. 어쩔 줄 모르고 멈칫거리는 그에게 살짝 미소를 보내며 그녀가 먼저 입을 열었다.

"뭔지 모르게 좀 허전해 보이죠?"

"예?"

뜻밖의 질문에 자신도 모르게 말꼬리가 올라갔다. 대꾸할 말도 떠오르지 않는다. 얼떨결에 마주친 눈을 피할 수도 없었다. 안경테 사이로 살짝 넘겨보이는 맑은 눈동자는 타인을 배척하는 자들의 눈빛과는 거리가 멀었다. 오히려 상대를 차분하게 감싸 주는 포근함이 느껴졌다. 여유를 되찾은 그가 '무슨 말씀이신지?' 하고 되물으려는 순간, 그녀가 선수를 쳤다.

"이 학교 이름이 뭔지 아시죠?"

"예! 동심학원. 뭐 특별한 의미라도 있는 이름인가요?"

이번엔 그도 당황하지 않고 되물었다. 잠시 뜸을 들인 그녀는 대답 대신 나직한 목소리로 중얼거렸다.

"동심. 동심학원이라. 동심을 잃어버린 아이들에게 동심을 찾아 주는 학교. 뭐 그런 뜻 아니겠어요."

말하는 의도를 짐작하기 어렵다. 질문인지 대답인지 그 경계마저 난해하다. 그는 의아한 시선으로 그녀와 운동장을 번갈아 쳐다보았다.

그때 갑자기 계단 위로 몰려든 아이들이 무겁게 눌러 오는 어색한 침묵을 쫓아 주었다.

"선생님! 우리 그림자밟기 할 거예요."

한 무리의 아이들이 계단을 내려와 운동장으로 우르르 몰려갔다. 옆으로 비켜서 길을 터 준 여선생이 깨금발로 깡총이며 뒤따라 내려오는 키 작은 꼬마를 붙잡았다.

"여기서 그렇게 뛰면 위험해요."

그리고 꼬마를 번쩍 안아 계단 아래 내려 주며 물었다.

"다른 친구들은 어디 갔니?"

"놀이반 선생님이랑 가재 잡으러 계곡에 갔어요."

꼬마가 교실 너머 뒷산을 가리켰다.

"그래! 자~ 이제 가서 언니들이랑 신나게 뛰어놀아."

등을 토닥이는 여선생의 손길을 뒤로하고 친구들에게 달려가는 꼬마의 힘찬 몸놀림이 마치 강물을 가르는 물고기를 닮았다.

아이들이 운동장 가운데 빙 둘러서서 가위바위보로 술래를 정했다. 혼자 주먹을 낸 아이가 눈을 가리고 하나, 둘, 셋, 숫자를 센다. 다른 아이들이 술래 주위를 뛰어다니며 나 잡아 보라고 외쳤다. 눈에서 손을 뗀 술래가 쫓아가 그림자를 밟으려 발을 구른다. 후다닥, 술래를 약올리며 달아나는 아이들의 함성과 웃음소리로 운동장이 떠들썩하다. 활기찬 아이들을 바라보는 그의 입가에 저절로 미소가 감돌았다.

그가 자란 산골엔 같이 놀 만한 친구가 없어 지루한 나날을 홀로 보내기 일쑤였다. 특히, 겨울밤은 유난히 길고 지루했다. 짧은 해가 산골짝 비좁은 하늘을 발 빠르게 지나가면 처마 밑으로 어둠이 밀려든다. 엄마는 서둘러 저녁상을 치우고 커다란 마대자루를 들고 와 방 안에 풀었다. 자루에선 가을 햇볕을 잔뜩 머금고 보슬보슬 보풀은 목화송이들이 쏟아져 나왔다. 엄마가 씨아틀에 올라앉아 물레질을 하면 염소 똥 같은 목화씨가 투둑투둑 치마폭으로 떨어지고 반대편에는 씨앗을 내뱉은 하얀 솜뭉치가 가을 하늘의 뭉게구름처럼 부풀어 오르며 적막한 산골의 겨울밤은 깊어 간다.

그에겐 한없이 지루한 시간이다. 그나마 둘 사이의 나이 터울만큼이나 마음 씀씀이가 넓은 누이가 있어 다행이었다. 그가 혼자 놀다 지칠 무렵이면 초저녁 화롯불에 묻어 둔 고구마가 풀풀 방귀를 뀌며 재먼지를 뿜어냈다. 그러면 누이는 뜨개질을 멈추고 화롯불에 숨어 있는 고구마를 찾아내 노릇노릇 잘 구워진 부분을 골라 한 조각, 한 조각 떼어 내 그의 입에 넣어 주었다. 고소한 군고구마의 속살만큼이나 살가운 누이의 손길이었다.

　금방 배가 불룩해지고 졸음이 밀려든다. 눈꺼풀은 무겁지만 그냥 잠들기가 아쉬워 그림자놀이를 하자고 졸라 대면 누이는 못 이기는 척 등잔불을 돌려 놓고 손그림자를 만들었다. 마술 같은 누이의 손놀림 따라 아랫목 바람벽에 개, 여우, 새, 달팽이들이 나타났다. 모양도 크기도 누이 마음대로 바뀌었다. 어떤 때는 달팽이가 개보다 크게 자라고, 어떤 때는 여우가 새로 둔갑해 천장으로 날아가기도 했다.

　밤이 더 깊어지면 늑대가 내려왔다.

　"이게 늑대거든, 잘 들어 봐. 진짜로 늑대 우는 소리가 들릴 거야."

　누이가 손가락을 놀리는 대로 벽에서 튀어나온 늑대가 입을 벌름거리며 살금살금 다가왔다. 그는 귀를 쫑긋 세우고 그림자 늑대를 노려보았다. 등잔불에 비친 누이의 댕기머리는 늑대의 꼬리가 되어 살랑살랑 흔들린다. 우우우, 누이가 늑대 울음소리를 흉내 내며 무서운 얼굴로 코앞까지 다가들어 입을 크게 벌렸다.

　"와아앙, 떡 하나 주면 안 잡아먹지."

　와락 끌어안으면 옆구리를 간질이는 누이의 손길에 까르르 웃음이 터졌다.

　"나 잡으면 용치!"

　그는 누이의 품을 빠져나와 후다닥 이불 속으로 숨어들었다. 그리고 이불 속까지 쫓아온 늑대, 아니 누이의 아늑한 품에 안겨 그림자 동물들과 뛰노는 꿈을 꾸었다.

　초등학교에 입학하던 해, 그가 사는 산골에 전기가 들어왔다. 등잔

불과는 비교할 수 없는 밝은 빛이 산골의 밤을 지배하였다. 전등불에 자리를 뺏기고 어둠 속으로 숨어든 등잔불과 함께 사라진 그림자 동물들은 아무리 기다려도 다시는 돌아오지 않았다.

그리고 이듬해, 누이도 그의 곁을 떠났다. 떠나기 전날 밤, 이불 속에서 훌쩍이는 그를 끌어안고 등을 토닥이던 누이의 손에는 군고구마 냄새와 그림자 늑대의 여운이 그대로 남아 있었다.

그림자 동물들이 사라지고 누이가 떠난 빈자리는 안방에 들어앉은 TV가 대신했다. 전등불의 조명이 밝아질수록, TV의 잔재미에 빠져들수록, 그의 마음속 깊이 자리 잡았던 누이의 손길도, 선명했던 그림자 동물들도 형체를 잃고 희미하게 퇴색되어 아련한 추억으로 가라앉았다.

"아이들 노는 모습이 참 보기 좋지요?"

여선생이 추억에 빠져든 그를 건져 올렸다.

"아, 예. 그렇네요."

그는 제대로 된 대답 한마디 못하고 얼버무리는 자신의 나약함이 수치스러워 은근슬쩍 운동장으로 고개를 돌렸다. 때마침 그와 눈이 마주친 키 작은 꼬마가 놀이를 하다 말고 손바닥을 유심히 살피며 계단 밑으로 다가왔다.

"아저씨, 이거 봐요. 햇볕이 손바닥을 마구마구 간질러요."

꼬마가 그에게 작은 손바닥을 펼쳐 보였다. 검게 그을은 천진한 얼굴이 햇살 반사되어 환하게 빛난다. 멀뚱히 쳐다보는 그와 달리 여선생은 손을 흔들며 꼬마에게 말대답을 돌려주었다.

"그래! 간지러워도 놓치지 말고 꼭 잡아."

여선생이 시키는 대로 꼬마는 손바닥에 내려앉은 햇살을 보듬으려 살포시 손가락을 오므렸다. 너무나 자연스럽다. 꼬마의 손가락 사이로 눈부신 햇살이 스며 나오는 환상이 보인다.

"이야, 둘이 잘 어울리는데."

귀에 익은 목소리에 반사적으로 고개를 돌렸다. 계단 위에서 누이가 그들을 내려보고 있었다. 등뒤에서 비치는 눈부신 햇살 때문에 얼핏 보이는 자태가 위엄 서린 동상 같다. 그가 대꾸할 틈도 없이 누이는 뒤따라온 아이들에게 골목대장처럼 소리쳤다.

"얘들아! 운동장으로 출동."

또 한 무리의 아이들이 우르르 운동장으로 뛰어들었다. 운동장은 순식간에 아수라장으로 변했다. 먼저 온 아이들과 뒤섞여 뛰고, 밀고, 도망가고, 정신을 잃을 지경이다. 뒷산을 맴돌며 공허하게 울리던 산비둘기의 구애 소리는 아이들의 함성에 묻혀 버렸다.

"이제 좀 학교 같네요."

여선생이 운동장에서 눈을 떼고 그를 향해 고개를 돌렸다. 그윽한 눈빛과 미소가 어린 시절 보았던 누이의 그것과 너무 흡사하다. 이게 무슨 조화란 말인가. 그는 깊이를 가늠할 수 없는 혼돈에 빠져들었다. 헤어나려면 도움이 필요하다. 얼른 누이에게 고개를 돌리고 울렁이는 마음을 가다듬었다.

"어이구, 우리 막둥이 오셨네."

천천히 계단을 내려오는 누이의 걸음걸이에 여유가 넘친다. 그가 도움을 청하는 영혼의 메아리를 들었는지 누이는 일부러 둘 사이로 끼어들었다.

"민 선생, 이 사람이 제가 늘 말하던 동생이에요. 회사 일보다 마당놀이패 친구들과 어울리는 게 먼저인… 그리고 이분은 이번에 새로 오신 학습반 민보름 선생님. 어때? 보름달처럼 환하지? 나한테 잘 보이면 중매 설 수도 있는데."

서로를 소개하는 말투에 장난기가 가득하다. 통성명은 안 했지만 이미 대화를 주고받은 사이, 새삼 인사를 건넨다는 게 왠지 모르게 쑥스러워 건성으로 고개만 끄덕였다.

그는 어색함에서 벗어나려 불쑥 찾아오게 된 용건으로 화제를 돌렸다.

"장난은 그만하고. 우리가 언제, 뭘 해야 하는지 그거 먼저 말해 줘."

그의 말을 들은 누이는 한순간에 전혀 다른 사람으로 바뀌었다. 한손으로 운동장을 가리키며 차분하게 가라앉은 목소리로 그에게 물었다.

"너는 저 애들 보면서 무슨 생각이 들었어?"

그는 대답하지 않았다. 아니, 대답할 수 없었다. 무엇을 물어보는지 의미조차 파악할 수 없었다. 아무 말 못 하는 그와 운동장에서 뛰노는 아이들을 번갈아 쳐다보던 누이가 조금 전 민 선생이 그랬던 것처럼 나직한 목소리로 중얼거렸다.

"저 애들은 어느 한 구석 조금씩 부족한 결점을 끌어안고 살아온 아이들이야. 흔히 말하는 좀 모자라는 문제아들이지. 하지만, 세상 사람들이 생각하는 것처럼 열등하지도 않고 스스로 문제를 일으키지도 않

아. 그런데도 저 애들을 문제아 취급하는 건 세태에 찌든 사람들의 모질고 편협한 생각일 뿐이야. 쟤들은 무거운 가방을 둘러메고 밤늦도록 학원가를 맴돌며 부모가 그려 준 욕망의 그림자로 살아가는 아이들보다 훨씬 더 담백하고 건강해."

누이가 잠시 숨을 고르며 말을 이었다.

"언제, 뭘 하면 되냐고? 너희들이 하고 싶을 때, 저 애들과 하나 되어 같이 즐길 수 있는 거 하면 돼."

조금 전까지 킥킥거리며 장난치던 누이가 아니었다. 분명치는 않지만 누이 말 속에서 전해지는 속 깊은 울림이 어렴풋이 가물거린다.

그가 혼란스러운 생각을 정리할 겨를도 없이 누이는 금방 제자리로 돌아와 아이들 속으로 뛰어들었다.

"얘들아. 나도 같이 놀자."

와아아. 아이들이 함성을 지르며 누이를 반겼다. 누이는 양 팔을 벌리고 커다란 원을 그리며 운동장을 빙글빙글 돌았다. 아이들도 손 날개를 펄럭이며 누이 주변을 날아다녔다. 반짝이는 모래알 위에 그림자들이 어울려 춤을 춘다. 사각이는 발걸음 소리가 더없이 경쾌하다.

아침 일찍 집을 나섰다. 회사에 들러 팀장 책상에 사직서를 올려놓고 회사를 나왔다. 먹통과 깍두기가 기다리는 무대 뒤의 조그만 대기실로 향하는 발걸음이 어제 만난 아이들의 발놀림처럼 가볍다.

그날 밤, 또 꿈을 꾸었다.

모든 것이 그대로다. 캄캄한 방 한가운데 서 있는 그도, 미닫이 문 옆의 앉은뱅이 책상도, 그 위에 걸린 액자 속의 글귀도, 글귀 옆에 박제된 에델바이스 그리고 하얗게 반짝이는 여린 솜털들의 힘겨운 몸부림까지. 변한 게 하나도 없다.

  성냥불을 밝혔다. 등잔에 불을 붙여 앉은뱅이 책상에 올려놓고 조용히 돌아섰다. 바람벽에 음영진 커다란 그림자가 그를 반겼다.

  전등불에 자리를 내주고 달아났던 그의 그림자, 아니, 나다.

에필로그

  그림자는 주인의 자화상이다. 그림자가 선명해야 주인의 삶도 빛을 발한다.

캔버스 속의 들국화

 장례식장의 국화에는 왜 향기가 없을까. 남들도 그런가. 아니면, 나만 향기를 느끼지 못하는 걸까.
 한 줌의 가치도 없는 의문이 끝내지 못한 숙제처럼 질기게 매달려 소희를 괴롭혔다. 남편의 마지막 작별 인사라도 들었다면 이토록 괴로워하지 않았을지도 모른다.
 남편은 어느 날 갑자기 소희 곁을 떠났다. 그날 아침 출근하며 남긴 한마디가 마지막 인사였다는 게 아직도 믿기지 않는다. 현관문을 나서며 당연한 일상처럼 흘린 한마디. "다녀올게." 그리고 끝이었다. 다시 만났을 때 남편의 입은 굳게 닫혀 있었다. 왜 떠났는지, 누가 어디로 데려갔는지, 보채고 다그쳐도 대답을 들을 수 없었다.
 소희를 부른 것도 남편이 아닌, 얼굴도 모르는 낯선 사람의 감정이 메마른 목소리였다. 남편이 출근하고 한 시간 남짓 흘렀을까. 요란하게 전화벨이 울렸다. 고막을 파고드는 벨 소리에 이유 모를 불길한 예감이 전신을 휘감았다.
 떨리는 손으로 수화기를 들었다.
 "여보세요."
 목소리마저 가늘게 떨렸다. 그러나 수화기에서 흘러나오는 기계음

같은 목소리는 야속할 정도로 냉정했다.

"임장수씨 부인 되시죠?"

"네. 그런데 누구신지?"

"저는 남부경찰서 교통과 홍기동 경윕니다. 부인께서 하늘병원으로 급히 좀 와 주셔야 되겠기에 전화드렸습니다."

"네? 왜요?"

"오늘 아침에 교통사고가 났는데, 사망자 신원을 확인해 주셔야…"

순간, 모든 게 멈춰 섰다. 더 이상 아무 말도 들리지 않았다. 석고상의 눈을 닮은 초점 없는 동공엔 아지랑이가 가물거렸다. 축 늘어진 손끝에 매달린 수화기만이 멈춰 버린 시간을 깨우려 혼자서 중얼거렸다.

"마음이 아프실 줄은 잘 알지만 저희도 사건을 처리하는 데 절차가 있는지라, 병원 위치는 아시지요? … 여보세요. … 여보세요."

곁에 둘러앉아 소희를 다독이며 위로하는 말들이 한여름 밤 모깃소리처럼 귓가에 왱왱거린다. '이러면 안 되는데.' '정신을 차려야 하는데.' 가슴 미어지는 미몽에서 벗어나려 억지로 눈을 떴다.

눈앞에는 받아들이기 힘든 현실이 소희를 마주 보고 있었다. 웃고 있는 남편 사진 앞에 가지런히 포개진 하얀 국화꽃, 그 앞에서 여리게 하늘하늘 피어나는 향연이 남편의 죽음을 다시 한번 확인시켜 주었다. 도망갈 수도, 거부할 수도 없는 현실을 두 눈으로 확인하니 맥이 탁 풀렸다.

소희는 넋 놓고 주저앉아 원망 어린 눈초리로 남편을 쳐다보았다. 사진 속에서 천연덕스럽게 웃고 있는 남편을 끄집어내 멱살을 부여잡고 어찌 된 영문인지 말해 보라고 악다구니라도 부리고 싶은 마음이 간절하지만, 영혼마저 빠져나간 텅 빈 육신에선 그저 헛웃음만 실실 새나왔다.

　옆에서 소희의 눈치를 살피던, 아직 죽음을 실감하지 못할 나이인, 아들 도빈이가 슬며시 일어나더니 남편 앞에 놓인 국화 한 송이를 가져와 소희에게 내밀었다. 소희의 기분이 언짢은 날이면 어김없이 꽃을 사 들고 와 소희 품에 안기며 우울한 마음을 풀어 주던 남편 모습이 도빈이 얼굴에 투사되어 눈시울에 아른거린다. 소희는 억지 미소를 머금고 받아 들었다. 하지만, 아빠를 흉내내는 아들의 마음을 아는지 모르는지 국화에는 향기가 없었다.

　소희는 터져 나오려는 울음을 억지로 참았다. 소희를 바라보는 도빈이 눈에도 눈물이 글썽였다. '아차, 우리에겐 도빈이가 있었지.' 정신이 번쩍 들었다. 소희는 도빈이를 감싸안고 나직이 속삭였다.

　"크리스마스 날 눈이 오면 아빠가 로봇으로 변하는 자동차를 사 가지고 올 거야."

　지키지 못할 약속이란 걸 알고 있다는 듯, 도빈이의 눈물 섞인 가녀린 숨소리가 소희의 귓불을 맴돌고 지나갔다.

　장례는 하얗게 치러졌다. 보이는 것, 들리는 것, 모두 향기 없는 국화처럼 흰색으로 채워졌다. 조그만 낚싯배를 타고 바다로 나가 한 줌 재로 변한 남편을 보낼 때는 바다마저 하얗게 빛났다. 재가 되어 버린 남편의 기억만이 여린 회색으로 손바닥에 묻어났다. 누군가 다가오더니, 죽은 사람은 죽은 사람이고, 산 사람은 살아야 한다며 차마 떠나지 못한 남편의 흔적이 남아 있는 손에 국화 한 송이를 쥐여 주었다. 역시 향기는 없었다. 마치 복사된 액자 속 그림처럼 똑같이 밍밍하다. 꽃향기 대신 비릿한 풀 냄새가 풍기는 국화 한 송이를 남편에게 마지막 선물로 던져 주고 그 자리에 주저앉았다. 목 놓아 울고 싶었지만, 도빈이가 따라 우는 게 더 서러울 것 같아 손에 얼굴을 묻고 소리 없이 흐느꼈다.

  햇살이 비추는 곳은, 그곳이 어디든 따사로운 희망이 돌기 마련이다. 더구나 따가울 정도로 강렬한 가을볕이다. 하지만 지금 소희가 엉덩이를 붙이고 앉아 있는 자리는 예외였다. 고개만 돌리면 가을의 눈부신 햇살과는 어울리지 않는 광란으로 얼룩진 해양 광장이 한 눈에 들어온다.

  전망대가 올라앉은 건물 한 귀퉁이에서 흘러나오는 음악에 맞춰 잠시 후면 유람선이 출발하니 서둘러 표를 구하라고 재촉하는 녹음 테이프가 쉼 없이 돌아간다. 잠시 후면 출발한다던 유람선은 잠시 후가 몇 번이 지나도 부두에 매달린 채 더 많은 손님이 채워지길 기다리고 녹음 테이프는 아직도 같은 말을 반복한다.

  "잠시 후면 유람선이 출발하니 아직 표를 구하지 못한 손님께서는 서둘러 표를 구매하시기 바랍니다."

  허구한 날 골목길에 울리는 계란 장수의 스피커 소리처럼 똑같은 멘트가 고막을 뒤흔든다. 배경으로 깔리는 노래 역시 음악의 감미로운 선율은 까맣게 지워지고 한없이 반복되는 소음으로 변질되었다.

  무감각해진 엿장수는 유람선에 오르는 길목에 자리 잡고 광장을 울리는 음악보다 더 큰 북소리와 가위질로 사람들을 불러 모으고, 거나하게 취한 아저씨와 아줌마는 유람선 탈 생각은 팽개치고 엿장수 장단에 맞춰 손을 맞잡고 뺑뺑이를 돌고 있다.

광장 맞은편도 마찬가지. 야외무대의 한쪽에선 치렁치렁 머리카락을 늘어뜨린 악사들이 요란하게 악기를 두드리며 고래고래 소리지르고, 다른 쪽에선 가수인지 춤꾼인지 진한 화장으로 실물을 감춘 계집 너덧이 어울려 배꼽과 허벅지가 드러난 몸뚱이를 정신 사납게 흔들어 댄다.

항구라면 당연히 들려야 할 낭만이 스며든 뱃고동은 광장을 넘쳐흐르는 소음에 밀려났다. 이런 요지경 속에서 가을 들녘을 비추는 햇살의 따사로움을 기대한다면 그건 이기심이 만든 오산일 것이다.

소희가 광장의 소란에 익숙해질 무렵, 온갖 욕망이 뒤엉켜 출렁이는 광기 어린 혼돈과 전혀 어울리지 않는 한 무리의 행렬이 광란의 회오리를 헤집고 들어왔다. 검은 상복을 입은 상주 일행이 영정과 유골함을 앞세우고 황천길로 인도하는 배를 타기 위해 줄지어 광장으로 들어섰다. 잠시만, 아주 잠깐만이라도, 광란의 춤사위가 멈출 만도 하건만, 누구 하나 눈길조차 주지 않는다. 장례 행렬은 장마철 담장 아래 늘어선 개미떼의 피난 행렬보다 못한 무관심의 늪을 헤치고 배가 기다리는 잔교 아래로 멀어졌다.

일 년 전, 아들 손을 잡고 지나갔던 똑같은 길, 똑같은 광경이지만 소희의 기억엔 입력되지 않은 장면이다. 다시 찾아와 바라보니 그랬었나 싶을 뿐이다. 오늘도 별반 다를 바 없다. 쉽사리 떠나지 못하는 남편의 영혼이 맴돌고 있을지 모르는 바다를 앞에 두고도 무덤덤하게 바라보는 자신이 생면부지의 타인처럼 느껴진다.

소희의 어린 시절은 지금 눈앞에서 벌어지는 요지경만큼이나 어지럽고, 막대기로 휘저은 구정물만큼이나 탁했다.

읍내 장터로 통하는 삼거리에 자리 잡은 주막이 소희가 나고 자란 고향집이다. 술 파는 주막답게 하루도 조용한 날이 없었다. 시도 때도 없이 별별 군상들이 모여들어 지지고 볶는다. 오일장이 서는 날이면 징그러울 정도였다. 술 취한 주정뱅이들은 집에 갈 생각은 장보따리에 동여매고 평상에 눌러앉아 줄기차게 주모를 불러 댔다. 불콰하게 달아오른 얼굴을 맞대고 히히덕거리다가도 수틀리면 금방 돌아서 고성과 삿대질이 오가기 일쑤다. 다른 평상에선 남이야 술을 마시건, 싸움을 하건 관심도 없다. 희멀겋게 빛바랜 양은 주전자를 두드리며 젓가락 장단에 맞춰 타령인지 넋두리인지 구분이 안 되는 헛소리를 제멋대로 흥얼거렸다. 요지경이 꼴불견이다. 주모, 아니 엄마 말대로 별별 염병 맞을 화상들로 가득 찼다.

그런 날이면 엄마는 고쟁이 춤을 뒤적여 지폐 한 장을 꺼내 소희 손에 쥐여 주었다. 장사하는 데 걸리적거리지 말고 밖에 나가 과자나 사 먹으며 놀다 오라는 뜻이다. 어린 마음에도 취객으로 들끓는 주막 근처에서 맴돌기 싫어 뒷집에 사는 혜란이를 불러내 멀리 장터까지 나가 여기저기 기웃거리며 하루를 보냈다. 혜란이마저 없는 날에는 홀로 장터를 서성이며 기나긴 하루를 견뎌야 했다. 아무리 지루해도 하루해를 다 채우고 나서야 집으로 돌아와 뒷방으로 숨어들었다.

장돌뱅이들로 북적대는 집도, 술을 파는 엄마도, 날이 저물어도 제집으로 돌아갈 줄 모르고 눌러앉은 술꾼들도, 모두가 자신을 괴롭히는 악마로 보였다. 문을 잠그고 이불 속으로 한 번 더 숨어들었다. 이불에서는 엄마 얼굴에 덕지덕지 처바른 역겨운 화장품 냄새가 진동했다. 술에 절은 장돌뱅이들의 악다구니는 문틈을 비집고 들어와 이불 속까지 파고들었다. 더 이상 피할 곳도 없었다. 저녁도 굶은 채 촉촉히 젖은 베개에 얼굴을 묻고 억지로 잠이 들어야 악취와 소음으로부터 벗어나는 날들이 일상처럼 이어졌다.

고등학생이 되자 상황은 더 나빠졌다. 같은 마을에서, 같이 자라며, 같은 학교를 다니던 마을 친구들과 어울릴 때와는 사정이 달랐다. 각기 다른 중학교를 졸업한 학생들이 뒤섞여 배가 맞는 상대를 찾아 끼리끼리 어울리는 그룹들이 새로 생겨났다. 그러나 소희가 들어앉을 자리는 어디에도 없었다. 집안의 내력을 들먹이는 차가운 시선까지 소희를 괴롭혔다. 아버지 없이 술을 파는 홀어머니 밑에서 자란다는 이유로 소희의 태생에 대하여 자기들 마음대로 유추하고 재단하며 뒤에서 수군거리기는 다반사고, 대놓고 조롱하기를 꺼리지 않았다. 철모를 때의 아이들처럼 엄마가 쥐여 주는 용돈으로 과자를 사 주며 유혹할 수도 없었다. 소희는 따돌림 받는 외톨이가 되었다. 섞여 들 자리 하나 없이 겉돌아야 하는 학교도, 술주정뱅이들로 가득한 집도, 어디 하나 마음 편히 머무를 곳이 없었다.

혜란이가 없었다면 버틸 수 없는 시간이었다. 동갑내기지만 일 년 일찍 학교에 들어간 혜란이는 선배이자 친구였다. 남들보다 덩치가 큰

데다 공부도 잘하고 강단이 있어 소희의 친구들이 대거리를 해 볼 엄두를 내지 못하는 존재였다. 소희에겐 이웃에서 태어나 같이 자랐다는 이유로 친구들의 따돌림과 괴롭힘을 막아 주는 보호막이며 학교생활을 지탱해 주는 유일한 버팀목이었다. 그런 혜란이가 고등학교를 졸업한 뒤 도시로 나가 돈을 벌겠다며 훌쩍 고향을 떠났다. 그날 밤에도 소희는 촉촉해진 베개에 얼굴을 묻고 잠들어야 했다.

추석을 앞두고 대목장이 섰다. 이른 아침부터 주막은 북새통이다. 엄마와 찬모가 아무리 바쁘게 움직여도 감당하기 힘들 정도로 손님이 밀려들었다. 소희는 모르는 척 가방을 들고 집을 나섰다. 하지만 갈 곳이 없었다. 학교로 가고 싶었지만 혜란이가 없는 학교는 더 이상 소희의 피난처가 아니었다. 오히려 맹수에 둘러싸인 사슴처럼 숨죽이고 눈치를 살펴야 무사히 하루를 살아남는 정글로 변했다.

고개를 숙이고 제방을 따라 무작정 걸었다. 한참을 걷다 장터에서 울리는 약장수의 마이크 소리에 무심코 고개를 들었다. 멀리 학교가 보였다. 화들짝 놀라 걸음을 멈추었다. 풀밭에 가방을 팽개치고 제방 터거리에 뿌리내린 버드나무 아래 주저앉았다. 엉덩이에 짓눌린 풀잎에서 올라오는 차가운 습기가 명치 끝까지 눅눅하게 파고든다. 촉촉하게 젖은 눈동자에 혜란이의 얼굴이 투영되어 눈물로 흘러내렸다.

냇물에는 철 이른 낙엽이 종이배처럼 떠내려와 소희 앞에 잠시 머물다 멀어졌다. 무심코 들국화 가지 하나를 꺾어 냇물에 던졌다. 작은 파문이 일었다. 동그라미를 그리며 커지나 싶더니 금방 사라졌다. 더 큰 파문이 보고 싶었다. 손에 잡히는 조막만 한 돌 하나를 집어 팔매질을 하려다 멈칫 멈추었다. 먼 길 떠나는 낙엽이 물속으로 침몰하는 장면이 떠올라 도로 내려놓았다. 대신 들국화 가지 하나를 더 꺾어 냇물에 던졌다. 빙글빙글. 어렵사리 낙엽들 사이에 자리를 잡더니 흐르는 물에 몸을 맡기고 먼저 떠난 들국화를 뒤따라 흘러갔다.

 날이 저물며 달이 수면에 얼굴을 내밀었다. 소희도 자리를 털고 일어났다. 풀잎의 습기가 배어든 축축한 교복이 걸을 때마다 엉덩이에 진득하니 달라붙는다. 한 걸음 한 걸음이 몹시 거북하지만, 발길을 재촉할 만큼의 이유는 되지 못했다. 최대한 느린 걸음으로 천천히 집으로 돌아왔다. 주막은 그때까지도 북새통이다. 엄마는 손님들 뒤치다꺼리를 하느라 집으로 들어서는 소희에게 눈길도 주지 않았다. 소희도 외면하고 말없이 뒷방으로 들어갔다. 문을 잠그고 이불을 뒤집어썼다. 주정뱅이들의 악다구니 소리는 여전히 잠긴 문틈을 비집고 이불 속까지 파고든다. 욕지기나는 화장품 냄새도 풀풀 풍겼다. 하지만 소희는 울지 않았다. 더 이상 축축한 베개에 얼굴을 묻은 채 잠들지 않겠다고 이를 악물었다.

 밤이 늦어서야 밖이 조용해졌다. 잠들지 못하고 뒤척이는 귓가로 문고리가 달그락거리는 소리가 들렸다. 장사를 마친 엄마가 뚫어진 문풍지 사이로 손가락을 비벼 넣어 걸쇠를 풀고 방 안으로 들어오는 장면이 질끈 감은 눈꺼풀에 훤히 비친다. 소희는 모르는 체 이불을 뒤집어썼다. 엄마는 곧바로 이불 속에 들지 않고 옆에 앉아 부스럭거렸다. 소희에게 할 이야기가 있을 때 나오는 습관적인 행동이다. 하지만 그날은 소희를 깨우지 못하고 머뭇거리는 낌새가 직감으로 느껴졌다. 소희는 잠든 척 이불 속에서 미동도 하지 않았다. 잠깐씩 사이를 두고 내뱉는 엄마의 긴 한숨 소리가 한동안 방안을 맴돌다 사라지기를 반복했다.

이른 새벽, 소희는 살그머니 이불 속을 빠져나와 살금살금 베갯머리를 돌아 어제 밤 엄마가 풀어 놓은 전대를 집어 들었다. 두툼한 게 꽤나 묵직하다. 문지방 옆에 미리 준비해 둔 가방을 챙겨 조용히 방문을 나섰다. 뜨락을 내려서며 전대를 통째로 가방에 구겨 넣었다. 문틈 사이로 새나오는 한숨 소리가 환청처럼 고막을 파고들었다. 소희는 흠칫 놀라 잰걸음으로 집을 빠져나왔다.

새벽 공기가 싸늘하게 폐부를 찌른다. 소희는 냇가 둑을 따라 바지런히 걸었다. 첫차가 도착하려면 아직 멀었지만 마음이 급했다. 엄마 몰래 전대를 집어 온 죄책감과 악마의 소굴 같은 집을 떠나는 후련함이 한데 뒤엉켜 발걸음을 재촉하게 만들었다. 큰길을 마다하고 지름길인 제방을 따라 숨 가쁘게 걸었다. 주막집 딸이라는 태생적 굴레와 친구들의 따돌림에 가로막혀 암담하기만 하던 미래가 무지갯빛으로 탈바꿈하여 눈앞에 아른거린다. 제방 밑에선 물결에 흔들리는 둥근 달이 수면을 미끄럼 타며 소희 곁을 졸졸 따라왔다.

집을 등졌으니 당장 머무를 곳이 급했다. 피붙이 하나 없는 소희에게 비빌 언덕은 혜란이뿐이었다. 다행히 며칠 전 받은 편지봉투에 적힌 주소가 있어 찾는 데 별 어려움은 없었다.

부천공단 외곽 시장 골목의 조그만 국밥집, 문틈으로 안을 엿보았다. 식탁을 정리하는 혜란이가 보였다. 식탁 귀퉁이에는 음식 찌꺼기가 수북한 그릇들이 나뒹군다. 기대했던 혜란이의 행색이 아니다. 학교 다닐 때의 당차던 행동거지는 어디에서도 찾아 볼 수 없었다. 행주질하는 손에는 힘이 없고, 초췌한 표정엔 그늘이 드리웠다. 마지못해 움직이는 힘없는 몸놀림이 마치 배터리가 방전된 로봇 같다. 그래도 오랜만에 만난 반가움이 먼저. 망설임 없이 문을 열고 큰 소리로 불렀다.

"혜란아!"

혜란이가 행주질을 멈추고 돌아섰다. 갑작스런 방문에 놀랐는지 소희를 보고도 선뜻 다가서지 못하고 멈칫거렸다. 잠시 망설이던 혜란이가 다가와 소희의 소매를 잡아 끌었다. 소희는 이유도 모른 채 주방 뒷문으로 따라 나섰다.

"회사가 부도나는 바람에 나도 갑자기 기숙사에서 쫓겨난 처지라 여기 쪽방에서 지내며 찬모 대신 허드렛일을 도와주고 있어. 다른 곳에 취직할 때까지만 여기 있을 거야."

무슨 뜻으로 하는 말인지 영문을 모르는 소희는 멀뚱멀뚱 눈동자만 굴렸다. 주위를 살피는 혜란이의 조심스런 눈길과 낮은 목소리가 소희를 불안하게 만들었다.

소희를 대하는 혜란이의 반응은 기대와 달랐다. 쪽방과 당분간이란 단어에 힘을 실어 말하는 게 불쑥 찾아온 소희가 썩 탐탁지 않은 눈치다. 반갑게 맞아 주리란 기대가 물거품처럼 사라졌다. 혜란이마저 섭섭하게 대하다니, 서운한 마음에 설움이 복받쳤지만 내색하지 않았다. 기댈 사람이 혜란이 뿐인 소희로선 다른 선택의 여지가 없었다.

"너도 당장 갈 곳이 없잖아? 네가 일자릴 구할 때까지 여기서 같이 지내게 해 달라고 아주머니한테 부탁해 볼게."

다행히 후덕한 주인 아주머니는 혜란이의 청을 흔쾌히 받아들였다. 혜란이의 어정쩡한 태도가 마음에 걸려도 어쩔 수 없었다. 같이 부대끼며 지내다 보면 옛정이 되살아나겠지 하는 막연한 기대를 품고 혜란이가 묵고 있는 단칸방에 가방을 풀었다.

다음 날부터 날이 밝으면 무작정 일자리를 찾아 거리로 나섰다. 모두 허탕이다. 쉽지 않을 거라 생각은 했지만 밀려드는 허탈감을 주체하기 힘든 하루하루가 반복되었다. 그렇게 또 하루를 허비하고 힘없이 돌아오는 어느 날, 주인 아주머니가 소희를 불러 세웠다. 철렁 가슴이 내려앉았다. 아직 일자리도 구하지 못했는데 쫓겨나는구나 하는 생각에 눈앞이 캄캄했다.

"왜 혼자 들어와? 혜란이 만나지 않았어?"

"아니요. 못 만났는데요."

"이상하다. 점심 장사 끝나고 너에게 전해 줄 게 있다면서 가방 들고 나갔는데… 그럼, 그 가방은 뭐였지?"

고개를 갸웃거리며 잠시 생각에 잠겼던 아주머니가 다시 물었다.

"혹시, 네 가방에 귀중한 거라도 들어 있니? 돈이나, 아니면 돈이 될 만한 그런 거."

"돈이 좀 들어 있는데요. 무슨 일 있어요?"

아주머니는 영문을 몰라 이러지도 저러지도 못하고 빤히 쳐다보고 있는 소희를 재촉했다.

"얼른 들어가서 가방 한번 살펴봐. 뭐 없어진 거 없나."

쫓겨날 것이라는 예상과는 달리 일은 엉뚱한 곳에서 벌어졌다. 소희의 옷가지는 방 한구석에 헝클어진 채 널브러져 있고, 옷걸이에 걸려 있던 혜란이의 옷들은 모두 사라졌다. 순간, 어제 월급을 받았다며 좋아하던 혜란이의 상기된 얼굴이 번개처럼 머릿속을 스쳤다. 불길한 예감이 밀려들었다. 떨리는 손으로 가방의 지퍼를 열었다. 전대가 보이지 않는다. 일자리를 구하면 둘이 돈을 보태 살림하기 편한 방을 구하자며 엄마 몰래 숨겨 온 전대를 보여 준 게 잘못이었다. 사실, 그 전대에는 하루 장사해서 번 것이라고 하기엔 터무니없는 큰 액수의 돈이 들어 있었다. 장사하며 되는 대로 집어넣은 구겨진 돈 옆에 가지런히 갈무리하여 묶어 놓은 돈다발 하나가 더 있었다. 믿기지 않아 옷가지를 꺼내고 가방 바닥까지 들쳐 보아도 전대는 보이지 않았다. 갑자기 들이닥친 막다른 상황, 어찌할 줄 모르고 멍하니 앉아 있는 소희에게 아주머니가 다가왔다.

"왜 그래? 뭐가 없어졌어?"

"돈이 전부 없어졌어요."

"에구 못된 년 같으니. 음식 값 한두 푼 뻥땅치는 거야 어린 욕심에 그러려니 했지만 이젠 친구 돈까지 손을 대다니…"

혜란이는 소희에게 크나큰 상처를 남기고 떠났다. 돈을 전부 잃어버려 앞날이 암담해진 처지도 그렇고, 혜란이마저 자기를 버렸다는 상실감 역시 못지않은 상처였다.

"어짜피 이렇게 된 거, 오히려 잘됐어. 일자리 구할 때까지 니가 여기서 지내. 그리고 그년 찾을 생각은 아예 잊어버려. 기숙사에서 쫓겨난 것도 다 이유가 있었던 거였어."

아주머니는 혜란이에 대해 무언가 집히는 바가 있는 모양이다.

"여기 있는 동안에도 찾아오는 놈들마다 하나같이 양아치 같은 놈들이었으니, 그년을 찾는다 해도 이미 한 푼도 남아 있지 않을 거야."

아주머니는 소희를 내치지 않았다. 오히려 감싸안았다. 아주머니의 배려에 맨손으로 거리에 나앉아 배를 곯는 처지는 면할 수 있었다. 그날부터 소희가 혜란이를 대신해 국밥집에서 잔일을 거들며 지내게 되었다. 아주머니는 무슨 일이건 마다하지 않는 바지런한 행실이 맘에 들었는지, 엄마처럼 생각하고 편히 지내라며 기회가 생길 때마다 소희를 다독였다. 많지는 않지만 월말이면 월급도 통장에 넣어 주었다. 주막에서는 찾아 볼 수 없었던 따뜻한 온기를 맛보는 시간이 늘어났다.

생활이 안정되니 불만 가득하고 냉소적이던 성격이 조금씩 긍정적으로 변했다. 미래에 대한 의욕도 생겨났다. 야학이지만 어릴 적 팽개친 공부도 다시 시작하고 새로운 친구들도 사귀었다. 고등학교 검정고시를 준비하며 만난 야학 선생님과는 연분이 닿아 결혼을 하고 가정을 꾸리는 행운도 찾아 들었다.

소희는 광장을 등지고 앉아 남편의 영혼이 머물고 있을지도 모르는 바다를 하염없이 바라보았다. 발치까지 다가왔던 바닷물이 서서히 썰물로 밀려나 멀어져 간다. 가방을 뒤적여 준비해 온 소주를 꺼내 바다에 부어 주고, 국화 꽃잎을 한 잎, 한 잎 떼어내 바람결에 일렁이는 바닷물에 실어 보냈다. 나풀나풀 흔들리며 썰물에 떠내려가는 꽃잎이 남편의 영혼이 머무는 곳까지 찾아가기를 기도하며 마지막 꽃잎을 띄우고는 말없이 일어섰다.

그날은 뜬눈으로 뒤척이며 밤을 지샜다. 딱히 집히는 이유는 없었다. 낮에 본 광장의 요지경이 생생하게 머릿속에 살아나 소희를 놓아주지 않았다. 돌아누우면 떠나간 사람들의 그림자가 실루엣처럼 망막에 영사되었다가 사라지기를 반복했다. 날이 밝아 오자 광장의 요지경도 떠난 사람들의 그림자도 거짓말처럼 지워졌다.

체험학습을 떠나는 도빈이를 일찌감치 어린이집에 데려다주고 서둘러 집을 나섰다.

버스에서 내려 제방길로 접어들어 주위를 둘러보았다. 산도, 냇물도, 마을도, 낯익은 그대로다. 흐르는 세월을 벗어나 정지된 상태로 머물렀다. 고향을 어색하게 바라보는 소희 자신만이 이방인으로 변해 돌아온 것 같다. 마을 초입에 들어서자 납작 가라앉은 초가 한 채가 보였다. 저녁마다 숨어들어 훌쩍이던 뒤채는 반쯤 기울어 쓰러지기 직전이다. 골목 건너 보이는 혜란이가 살던 집은 지붕 위까지 잡초가 무성하다. 가까이 다가서는 고향은 멀리서 바라보던 정지된 모습이 아니었다. 주인은 떠나고 버려진 채 세월의 무게를 이기지 못해 헐고 쓰러져가는 집들이 대부분이다.

집 가까이 다다르자 새로 생긴 것도 보였다. 주막으로 쓰던 안채와 텃밭 사이에 조그만 마당이 자리 잡았다. 술 취한 손님으로 북적이는 평상이 놓였던 자리가 여염집 마당으로 바뀌었다. 뜻밖의 어색한 변화다. 소희는 걸음을 멈추고 담 너머로 안을 살폈다.

마당엔 멍석 서너 닢이 널렸다. 술꾼 대신 멍석을 가득 채운 빨간 고추가 이채롭다. 멍석 한 귀퉁이에 쭈그리고 앉아 가위로 고추를 쪼개

너는 노파가 보였다. 둥글게 굽은 뒷모습이 곱사등을 닮은, 저 볼품없는 노파가 소희가 버리고 떠난 엄마였다.

 고향을 떠난 후, 엄마를 딱 한 번 마주친 적이 있다. 소희가 결혼하던 날, 허리 굽은 백발의 왜소한 노파가 한복을 차려입고 예식장 앞을 서성였다. 엄마였다. 먼발치에서 보았지만 틀림없는 엄마였다. 소희는 모른 체 외면했다. 오히려 엄마가 결혼식장에 들어와 추태를 부리지 않을까 걱정되어 결혼식이 끝날 때까지 마음을 졸여야 했었다. 그날 엄마가 결혼식장에 들어왔었는지, 아니면 그냥 돌아갔는지 궁금하지도 않았다. 아무도 엄마에 대한 이야기를 하지 않는 것을 다행이라 여겼다. 약간 미안한 감은 있었지만, 그 전에도, 그 후에도 엄마라는 존재는 관심 밖으로 밀어내고 살았다. 지금 멍석에 쭈그리고 앉은 노파는, 화장품을 떡칠한 어린시절의 엄마도, 결혼식장 주변에서 서성이던 노파도 아니지만, 엄마라는 사실만은 분명했다.

 담을 돌아 마당으로 들어서는 발걸음이 한없이 무겁다. 낯선 사람과 첫 대면을 하러 가는 것처럼 어색한 심정을 떨칠 수가 없다. 용기를 내 대문 안으로 들어섰다. 엄마, 하고 불렀지만 기어들어가는 목소리라 못 들었는지 노파는 미동도 하지 않았다. 잠시 노파의 반응을 살피던 소희가 한 번 더 용기를 냈다.

 "엄마!"

 순간 노파의 굽은 등이 움찔 떨렸다. 노파는 가위질을 멈추고 천천히 고개를 돌렸다. 노파, 아니 엄마가 소희를 물끄러미 쳐다보았다. 소희의 무거운 발걸음은 그 자리에 얼어붙었다. 동상처럼 서 있는 소희를 잠시 지켜보던 엄마가 두 손으로 멍석 귀퉁이를 집고 힘겹게 일어섰다. 저린 무릎을 절룩거리며 말없이 소희에게 다가왔다. 한 걸음, 한 걸음, 아주 천천히. 걸음마다 헤어져 있던 시간만큼의 주체하기 힘든 무게가 올라앉아 더디게 늘어졌다. 소희의 마음도 무겁기는 마찬가지. 몇 걸음 다가오는 짧은 시간이 긴 세월동안 멈춰 버린 시곗바늘로 찌르듯 가슴 깊이 아리게 파고들었다.

"아이구, 이 년아, 이 독한 년아!"

엄마는 소희의 어깨에 매달려 흐느꼈다.

"그래도 에미라고 죽기 전에 얼굴은 보여 주는구나. 망헐 년 같으니라구!"

년, 년, 년, 마디마디 배어든 욕을 빼면 소희에게 하는 말은 한마디도 없었다. 독백처럼 읊조리는 목소리엔 서글프게 늙어 버린 회한이 가득하다. 소희는 아무 말도 할 수 없었다. 땅에 달라붙은 발처럼 입도 얼어붙었다. 엄마를 만나 첫 마디를 어떻게 꺼내야 하나. 밤새 고민했지만 얼굴을 마주한 지금까지도 답은 안개 속의 그림자처럼 어른거릴 뿐이다.

잠시 뜸을 들이던 소희가 어렵게 입을 열었다.

"아침 일찍 오느라 아무것도 못 먹었어. 배고파."

불쑥 튀어나온 말이 가관이다. 십수 년만에 돌아와 한다는 첫마디가 고작 배고프니 밥 달라는 소리였다. 그런데 그 말을 들은 엄마의 표정이 살짝 밝아졌다.

"망헐 년 같으니라구. 강산이 변해도 한참이나 변했는데, 불쑥 찾아와 한다는 소리가 고작…"

이번에도 모녀 간에 나누는 대화가 아니라 혼자 읊조리는 독백에 가깝다.

"그런데 도빈이는?"

엄마는 도빈이라는 말을 꺼내며 걱정스러운 눈빛으로 소희의 표정을 살폈다. 소희가 움찔했다. 한 번도 얘기를 듣지 못한 할머니를 갑자기 만나면, 어린 마음에 상처를 입히지 않을까 하는 괜한 걱정에 도빈이가 없는 날을 택해 혼자 찾아온 게 후회스럽다. 아들을 챙기느라 엄마에게 또 한 번 상처를 입힌 꼴이다.

"어린이집 체험학습 갔어. 낼 모레나 올 거야."

"체험학습? 그게 뭔데?"

세상 물정 모르는 엄마에게 어린이집 체험학습을 어떻게 설명할까. 방법이 마뜩잖다. 엄마는 입만 실룩이는 소희 대신 스스로 결론을 내렸다.

"다 늙은 무지렁이가 체험학습이 뭔지 알면 뭐 하겠니. 그저 아프지 말고 잘 크면 됐지."

말은 쿨하지만 의심이 가득 찬 눈초리다. 하지만 더 이상 도빈이에 대해서도, 소희가 불쑥 찾아온 이유에 대해서도 묻지 않았다. 혹시 모를, 딸이 감추고 있을지도 모르는 상처를 건드릴까 두려워 입을 닫은 것이다. 굴곡진 삶의 늪에 발이 묶인 노인의 반사적 반응이다.

엄마는 뒤뚱거리는 걸음으로 안채를 향했다. 소희도 뒤따라 발걸음을 옮겼다. 마치 남의 집에 들어서는 손님 같다. 세월의 아픔이 들어차

솟아오른 곱사등 위로 따가운 가을 햇살이 쏟아진다. 지팡이에 의지하여 땅만 보고 걸어야 하는 굽은 허리, 내세울 것 하나 없는 그늘진 삶, 하루하루가 길고 어두운 터널을 지나는 외롭고 고통스러운 시간이었을 것이다. 잊고 지내던, 억지로라도 잊으려 발버둥 치며 살아온 시간만큼이나 무거운 세월의 무게가 한꺼번에 밀려들어 소희를 짓눌렀다.

 소희가 결혼을 한 뒤, 해마다 늦가을이면 어김없이 발신인이 적히지 않은 소포가 배달되었다. 박스를 풀면 참기름, 들기름, 마늘, 고춧가루 같은 양념이 가득했다. 보낸 이의 주소는 없어도 우체국 소인이 누가 보냈는지 말해 주었다. 많이 늙었을 엄마가 보냈다는 것을 뻔히 알면서도 모르는 체 눈을 감고 살아온 자신이 원망스럽다.

 오후에 짬을 내 장터로 나왔다. 아픈 추억이 발자국마다 새겨진 곳. 자석에 끌리는 쇠붙이처럼, 어린 시절 그랬던 것처럼, 장마당 주변을 어슬렁거렸다. 집 근처와는 다르게 많이 달라졌다. 현대식 개량 주택이 즐비하게 들어섰다. 그만큼 장마당은 좁아졌다. 어른이 된 소희를 알아보는 사람도 없었다. 곱지 않을 눈초리들이 꺼림칙했는데 오히려 맘 편히 돌아볼 수 있었다. 장마당을 한 바퀴 둘러본 뒤, 저녁에 구워 먹을 고기를 사기 위해 푸줏간에 들렸다. 용케 소희를 알아본 푸줏간 주인이 소희가 모르는 엄마 얘기를 들려주었다.

 소희의 결혼식에 다녀온 다음 날, 엄마는 느닷없이 주막의 문을 닫았다. 그리고 버려진 텃밭을 일구고 해마다 참깨, 들깨, 고추 같은 양념거리를 심었다. 평상이 있던 자리엔 멍석을 깔았다. 가을이면 멍석 위에는 항상 양념거리가 널려 있고, 옆에서는 엄마가 쭈그리고 앉아 정성스레 가을 햇살을 주워 담았다. 주위 사람들이 좀 더 편한 집으로 이사를 하든, 이사가 싫으면 집이라도 개량하라고 권해도, 엄마는 다 쓰러져 가는 집을 떠나지도 개량하지도 않았다. 언젠가 소희가 돌아왔을 때, 집이 바뀌어 있으면 당신이 떠난 줄 알고 그냥 돌아갈지도 모른다는 이유 때문이라고 했다.

  돌아오는 길은 일부러 제방길을 택했다. 발길에 밟히는 잡초의 촉감이 폭신하다. 냇물에 반사되는 햇살이 눈부시다. 고향을 떠나기 전날, 풀숲에 앉아 하염없이 냇물을 바라보았던 버드나무 아래서 걸음을 멈췄다. 그날과 똑같은 자리에 자리를 잡았다. 변한 게 하나도 없다. 엉덩이에 전해지는 촉촉하면서 서늘한 느낌도 그대로다. 낙엽도 간간이 떠내려와 소희 앞을 맴돌다 멀어졌다.

  예전과 마찬가지로 주위엔 들국화가 지천이다. 무심코 한 가지 꺾어 들었다. 작고 여린 하얀 꽃잎들이 바람결에 하늘거린다. 오늘은 냇물에 실어 보내지 않았다. 대신, 버릇처럼 코로 가져갔다. 향긋하다. 들국화엔 향기가 없는 줄 알았는데, 아무짝에도 쓸모 없는 잡초로 여겼는데, 의외다. 소희는 다시 한번 긴 호흡으로 들국화의 꽃 향을 음미했다. 들국화는 화려한 자태가 아닌 수줍은 향기로 소희에게 속삭였다. 엄마와 주막에 대한 반감도, 혜란이가 떠나며 남긴 상처도, 그리고 거짓말처럼 찾아든 짧은 행복도, 모두 무색으로 비워져야 할 캔버스에 과장되게 덧칠해진 붓자국일 뿐이라고.

비 오는 날의 오후

나른한 오후다.

베개를 끌어안고 소파에 누워 늘어지게 뒹굴며 나태의 늪에서 허우적거린다. 몸은 찌뿌둥하고 정신은 몽롱한 게 숙취에 젖은 알코올 중독자 같다.

정신 차려! 창문을 두드리는 빗방울의 아우성에 억지로 몸을 일으켜 창가로 다가갔다. 후드득, 후드득, 제법 굵은 빗줄기가 유리창을 두드리다 제 풀에 지쳐 눈물로 흘러내린다.

창에 비치는 거리는 철 늦은 봄비에 젖어 차분하게 가라앉았다. 드문드문 오가는 사람들의 발걸음도 팍팍한 삶에 쫓겨 달음박질치는 평소의 그림이 아니다. 세찬 빗줄기가 아이들의 성화에 등 떠밀려 밖으로 나돌아야 하는 번거로운 휴일의 발걸음을 붙잡았기 때문이리라.

검은색 아스팔트에 납작 달라붙어 사거리 횡단보도로 모여드는 형형색색의 우산들이 마치 뜨거운 프라이팬에 올려져 미끄러지는 동그랑땡을 닮았다. 신호등의 색깔이 바뀌었다. 옹기종기 모여든 동그랑땡들이 끓어 넘치는 찌개 냄비의 거품처럼 우르르 차도로 흘러든다. 맞은편에서도 똑같은 동그랑땡들이 밀려와 도로 한가운데 뒤섞여 바글바글 들끓더니 한순간에 뱃머리 물살처럼 둘로 갈라져 각자 제 갈

길로 흩어졌다. 그러면 잠시 멈춰서 도로를 내주었던 자동차들이 거친 물보라를 날리며 아스팔트 위를 질주하고, 인도에선 또 다른 동그랑땡들이 신호등 아래로 모여든다. 변함없는 반복의 연속이다. 맞물려 돌아가는 톱니바퀴처럼 반복되는 거리의 움직임이 숨은 감성을 유혹하던 빗소리마저 지루하게 만들었다.

 휴우우~ 이유 모를 한숨을 내쉬고 다시 소파로 돌아와 베개를 끌어안았다. 잠에 지쳐 이젠 잠도 오지 않는다. 야구 중계나 볼까. 아 참, 비가 와서 야구도 안 하지. TV 리모컨을 다시 베갯머리에 내려놓았다.

 밖으로 나돌고 싶어 궁둥이가 들썩거릴 정도로 심심하다. 주말이면 쉴 틈 없이 까똑, 까똑 울려 대던 단톡방도 오늘따라 조용하다. 내가 먼저 불러낼까. 핸드폰을 들었다. 쉽사리 떠오르는 만만한 친구들은 모두 결혼을 해 마누라 눈치를 봐야 하는 처지라 이제는 일없이 불러내기도 껄끄럽다. 에라 모르겠다. 이것저것 생각하기도 귀찮아 핸드폰을 내려놓고 다시 이불을 뒤집어썼다.

 딩동, 딩동. 경쾌한 초인종 소리가 이불 속으로 따라 들었다. 찾아올 사람도 없는데 누구지. 의문이 들었지만 버릇대로 현관문을 열고 고개를 내밀었다. 뜻밖에도 문 앞에는 인주가 서 있었다. 한 손에는 빗물이 뚝뚝 떨어지는 우산이, 다른 손에는 묵직하게 배가 부른 검은 비닐봉지가 들렸다. 머리카락은 방금 샤워를 마치고 나온 것처럼 촉촉하고, 비에 젖은 반투명 블라우스는 몸에 착 달라붙어 나체의 윤곽이 그대로 드러났다. 예상치 못한 인주의 방문이 나른한 주말 오후의 지루함을 한순간에 쫓아 버렸다.

"어쩐 일이야?"

아차차! 어서 와, 하며 살갑게 맞아들여야 했는데. 무심코 튀어나온 투박한 말투가 나의 진심을 지워 버렸다. 다행히 인주는 신경 쓰지 않는 눈치다.

"얼른 들어가게 좀 비켜 줘."

인주의 한마디에 나는 말 잘 듣는 강아지가 되어 재빨리 옆으로 물러났다. 인주는 나에게 우산을 떠넘기고 집 안으로 들어섰다. 주인과 객이 뒤바뀐 상황. 나는 처음 만났던 날 그랬던 것처럼 인주의 마력에 이성을 잃었다. 인주는 집 안을 휘 둘러보더니 비닐봉투에서 와인병을 꺼내려던 손을 멈추고 돌아섰다. 비에 젖어 살짝 떨고 있는 입술이 나를 유혹한다. 거부할 수 없는 욕망이 끓어올라 와락 끌어안았다. 인주의 입술은 변함없이 따뜻하고 달콤했다.

잠시 입술을 내준 인주가 살며시 내 손을 밀어냈다.

"비를 맞아서 그런지 좀 추워. 따뜻한 물에 샤워 좀 해야겠어."

인주는 소파에 널브러진 내 추리닝 한 벌을 집어 들고 욕실로 들어갔다. 욕실 문틈을 비집고 나오는 샤워기 물소리와 창문을 두드리는 빗소리가 뒤섞여 나의 영혼을 혼돈의 나락으로 빨아들였다.

인주와의 첫 만남도 오늘처럼 불쑥 이루어졌다. 대학 생활에 한창 재미가 붙은 이학년 봄, 동문 모임에 늦지 않으려고 먹자골목을 가득 채운 주말 인파 사이를 뛰다시피 걸어가는 나를 누군가가 다급하게 붙잡았다.

"잠깐만요."

뭐야, 부딪치지도 않았는데. 속으로 구시렁거리며 옆으로 고개를 돌렸다. 동그란 눈과 긴 생머리가 인상적인 여자와 눈이 마주쳤다. 눈부신 태양을 맨눈으로 마주보았을 때처럼 눈앞이 어질어질하다. 영혼을 빨아들이는 검은 눈동자와 마주치는 순간, 나의 이성은 그녀의 마력에 취해 중심을 잃고 비틀거렸다.

"오늘 저녁 시간 좀 내주실 수 있죠?"

뜻밖의 한 마디가 그녀의 마력에 빠져들어 허우적거리는 나의 영혼을 끄집어냈다.

"네? 무슨 일인데…"

시간을 내달라는 말에 귀가 의심스러워 말까지 더듬었다.

"친구들과 저녁 먹기 전에 각자 길팅한 사람을 데리고 이모네 식당에 다시 뭉치기로 했거든요. 친구들보다 늦으면 음식 값 독박 써요."

분명 자기 발등에 떨어진 급한 불을 꺼 달라는 말인데, 부탁인지 강제인지 그 경계가 모호하다. 그렇다고 부탁하는 사람이 정중하지 못하다고 입씨름할 생각은 엄두도 내지 못했다. 빤히 쳐다보는 동그란 눈동자와 생글거리는 미소에 사고력이 마비된 나는 이미 자발적인 포로가 되어 있었다. 그렇게 첫 만남은 포승줄에 묶인 범죄자처럼 연행되었다. 사실, 나도 다른 약속이 있다고 거절할 수 있었지만, 설레는 본심을 감추고 마지못한 척 따라갔다.

인주가 들어간 곳은 먹자골목 뒤편에 자리 잡은 작고 허름한 식당이었다. '원조 돼지갈비'라는 고깃집 간판과는 어울리지 않게 선술집 분위기가 물씬 풍겼다. 이른 시간이라 그런지 식당은 텅 비어 있었다. 아직 친구들이 도착하지 않은 것을 확인한 인주가 야릇한 미소를 지으며 주방 앞에 따로 놓인 테이블로 다가갔다. 메모지와 영수증 쪼가리들이 그대로 널려 있는 걸 보니 손님이 없는 시간에 음식점 식구들이 모여 앉아 쉬는 자리인 듯하다.

인주는 의자 하나를 더 꺼내 어색함에 쭈뼛거리는 나에게 내밀며 주방을 향해 "이모" 하고 소리쳤다. 그러자 한 여자가 물 묻은 손을 조각수건으로 문지르며 주방 가림막을 가르고 나왔다. 삼십 줄에 갓 접어든 듯한, 이모라고 하기엔 너무 젊어 보였다.

인주는 인사도 없이 대뜸 나를 먼저 소개했다.

"이모, 이 사람이 오늘부터 내 애인이 될 남자야. 허우대는 멀쩡한데 몸이 부실한 거 같으니 맛난 것 좀 많이 먹게 해 줘."

나는 얼떨결에 벌떡 일어나 꾸벅 인사를 했다. 내가 누군지, 하물며 성도 이름도 모르면서 다짜고짜 자기의 애인이 될 사람이라니. 불쑥불쑥 도드라지는 엉뚱함에 갈피를 잡지 못하는 나와 달리 이모라는 여자는 이런 황당한 상황에 이골이 난 듯 태연하게 웃어넘겼다.

"얘가 뜬금없기는, 둘만 온 거야?"

"아니, 더 올 거야. 둘, 아니, 잘하면 넷이 될지도 모르지만."

"그래! 그럼 다 모이거든 시키지."

"아니, 굳이 기다릴 거 없어. 마지막에 오는 사람이 음식 값 독박 쓰기로 했으니까, 신경 쓰지 말고 비싸고 맛난 걸로 빨리 준비해 줘. 우린 제일 먼저 왔으니 음식 값 걱정 없이 먹기만 하면 되거든."

"으이그, 철딱서니 하고는…"

결코 평범치 않은 상황을 얘기하면서도 거리낌 없이 주고받는 대화에서 그동안 수없이 부대끼며 쌓였을 둘 사이의 끈끈한 친밀감이 느껴졌다. 이모가 주방으로 돌아가자 인주가 일어나 냉장고에서 맥주와 유리잔을 꺼내 와 거품이 일지 않도록 조심스럽게 두 잔을 가득 채워 한 잔을 내게 내밀었다.

"우리 건배해요. 오늘의 만남을 기념하는 의미로."

잔을 부딪치며 또 한 번 눈이 마주쳤다. 조금 전까지 장난기 넘칠 때와는 조금 다른, 비밀의 문 앞에 선 사람처럼 살짝 가라앉은 표정이 인주를 더욱 신비롭게 만들었다. 나는 아무 말도 못 하고 인주가 가득 따라 준 맥주를 단숨에 들이켰다.

인주와 보내는 하루하루는 너무 짧았다. 언제, 어디서, 무슨 짓을 하든 달콤한 감상에 젖어 시간 가는 줄 몰랐다. 헤어질 때면 아쉬움에 발길이 떨어지지 않았다. 길모퉁이로 인주가 사라진 뒤에도 텅 빈 골목길을 한없이 바라보며 동상처럼 서 있었다. 당장 골목 안으로 뛰어가 붙잡고 싶어도 "여기까지만"이라고 못 박은 인주의 기분이 상할까 두려워 한참을 서성이다 마지못해 발길을 돌렸다.

떨어져 있는 시간도 나는 인주의 포로였다. 인주의 얼굴이, 미소가, 짜릿했던 입술의 달콤함이 머릿속을 맴돌았다. 틈만 생기면 억지로 핑계를 만들어 만나자고 졸라 댔다. 인주도 거절하지 않았다. 망설임도 없었다. 오히려 나보다 더 적극적으로 다가설 때는 당혹스럽기도 했다. 그러던 인주가 어느 날 갑자기 둥지를 떠나는 새처럼 홀연히 날아가 버렸다.

"우리 이제 그만 만나."

그 한마디 남기고 미련 없이 돌아섰다. 안 돼! 갑자기 왜 그래. 조금 전까지 같이 노닥거리며 즐거웠잖아. 처절한 외침이 휑한 머리 속을 두드렸다. 안 된다고 소리쳐야 하는데, 절대 못 보낸다고 붙잡아야 하는데, 방심을 틈타 야밤에 기습하듯 한마디 남기고 돌아서는 인주가 너무나 황당해 아무 말도 못 하고 그 자리에 얼어붙어 멀어지는 뒷모습을 멍하니 바라보고만 있었다. 정신이 돌아왔을 때 인주는 이미 눈앞에서 사라진 뒤였다. 악몽이었으면 좋겠다고, 얼른 깨어나야 한다고, 고개를 흔들고 얼굴을 꼬집어도 돌이킬 수 없는 과거가 되었다.

"대찬 씨, 이것 좀 탈탈 털어서 구김살 없이 잘 마르게 베란다에 걸어 놔용."

인주의 기분 좋은 콧소리에 얼른 돌아보았다. 빼꼼 열린 욕실 문 사이로 내민 손에 젖은 블라우스가 들려 있다. 나는 인주가 시키는 대로 블라우스를 받아 들고 구김살이 잘 펴지도록 탈탈 털어 베란다 건조대에 널었다. 베란다 창문으로 보이는 뒷산 자락, 봄비를 머금은 나뭇잎에는 파릇파릇 생기가 돌았다. 무심코 담배 한 개비를 꺼내 무는데 거실에서 부스럭거리는 인기척이 들렸다. 재빨리 꺼내 든 담배를 주머니에 쑤셔 넣고 거실로 돌아왔다. 샤워를 마친 인주가 소파에 기대앉아 비닐봉지에서 와인병을 꺼냈다.

"얼른 잔 가지고 오세용. 오랜만에 분위기 잡고 한잔하게."

기분이 좋은 건지 아니면 어색함을 떨치려 일부러 그러는 건지 종잡을 수 없지만, 인주의 애교 섞인 콧소리에 나도 덩달아 기분이 가벼워졌다.

"총각 혼자 사는 집에 와인 잔이 어딨어."

  비도 오는데 이왕이면 막걸리나 소주로 사 오지 어울리지 않게 웬 와인이람. 나는 당치도 않은 불만을 애꿎은 와인 잔에 전이시켰다.

"와인 잔이 뭐 필요해. 아무 잔이면 되지."

  인주는 직접 주방으로 가서 유리컵 두 개를 가져와 와인을 가득 채워 한 잔을 내게 내밀었다. 처음 만난 날 그랬던 것처럼.

"우리 이렇게 오붓하게 마주 앉은 게 육 년 만인가, 칠 년 만인가."

  아무렇지도 않게 상처 깊은 지난 시간을 헤아리는 인주가 얄미웠지만 생글생글 웃는 얼굴을 마주하니 대거리할 마음이 사르르 녹아 버렸다.

  인주와 헤어진 나는 방향타 잃은 난파선이었다. 인주는 떠났지만 보내지 못한 나에겐 더 크고 진한 아쉬움으로 자리 잡았다. 눈에 보이고 귀에 들리는 모든 것이 인주가 남긴 추억과 혼재되어 나를 망각의 나락으로 빠트렸다. 서서히 침몰하는 나를 위로하겠다고 따라 주는 친구들의 술잔에는 술이 아닌, 미소를 머금은 인주의 얼굴이 찰랑거렸다.

  대놓고 찾아 나설 용기마저 상실한 나는 친구들에게 도움을 구했다. 혹시나 인주를 만날 수 있을까 하는 천운을 바라며, 우연으로 가장하기 위해 친구들과 함께라는 탈을 쓰고 인주와 자주 다니던 카페로, 식당으로, 주점으로 찾아가 의미 없는 시간을 때우며 우연히, 아주 우연히 인주가 나타나기를 기다렸다. 그렇게 일어나지 않는 우연에 매달려 한 학기를 허비했다.
 방학이 되자 우연을 가장해 줄 친구들도 사라졌다. 인주의 영상에 얽매여 갈피를 잡지 못하고 방황하는 나만 홀로 고향으로 내려가지 못하고 하숙집에 남았다. 선실로 들어가 죽은 과거의 문도, 두려운 미래의 문도 닫고 살라는 카네기의 글귀를 되뇌며 잊으려 발버둥 쳤지만 허사였다. 잊으려 할수록 인주의 그림자는 더 또렷하게 다가왔다. 더 이상 우연이 일어나기를 기대할 수도 없었다. 그렇다고 그대로 주저앉기에는 아쉬움으로 남은 상처가 너무 깊었다.
 하루는 용기를 내 인주를 찾아 무작정 집을 나섰지만 마땅히 찾아갈 곳도, 만나 볼 만한 사람도 떠오르지 않았다. 그제서야 내가 인주에 대해 모르는 게 너무 많다는 것을 깨달았다. 사는 집도, 전화번호도 모른다. 유일한 연락처인 휴대폰은 오래전부터 불통이다. 방학이라 학교로 찾아가 봐야 결과는 뻔했다. 생각나는 연결고리는 오직 이모 하나였다. 이모를 만나면 뒤엉킨 실타래의 한쪽 끄트머리를 잡을 수 있겠지, 하는 막연한 기대를 품고 이모네 식당으로 찾아갔다.
 "어서 와요. 오랜만이네."
 나를 대하는 이모의 태도에서 전과 다른, 왠지 모를 거리감이 느껴졌다. 괜한 인사치레를 늘어놓으며 시간을 끌면 인주와 헤어질 때 그랬던 것처럼 아무 말도 못 하고 머뭇거리다 돌아서게 될 것 같아 곧바로 본심을 드러냈다.

"갑자기 찾아와 죄송하지만, 단도직입적으로 말씀드리겠습니다. 인주를 만나고 싶은데 연락이 안 돼요. 어디로 가면 만날 수 있는지 연락처 좀 가르쳐 주십시오."

이모는 대답 대신 물 한 잔을 따라 내밀었다. 그리고 한참 동안 나를 응시하며 머뭇거리다 긴 한숨을 내쉬었다.

"미안하지만 나도 잘 몰라요. 지난 달에 불쑥 찾아왔던 게 마지막이예요. 그때 얼핏 말하길, 사는 게 귀찮고 심란해 아무도 없는 곳으로 떠나고 싶다고 하길래, 무슨 일이냐고 캐물었지만, 그냥 농담이었다며 술만 마시다 돌아갔어요. 그리곤 지금까지 아무 연락이 없어요."

말 속의 의미가 애매하다. 선뜻 대답을 못 하고 한참 뜸을 들인 이유도 그렇고. 진실을 감추고 있다는 느낌이 물씬 풍긴다. 몇 번을 되물어도 같은 답이 돌아왔다. 실마리는 고사하고 새로운 의문만 커졌다. 맥이 풀려 힘없이 돌아서야 했다.

식당 문을 열려는 순간, 안으로 들어서는 두 여자와 마주쳤다. 낯익은 얼굴이다. 누구였더라, 가물거리는 기억을 되짚었다.

"어머, 대찬 씨! 안녕하세요?"

한 여자가 나를 먼저 알아보았다. 맞다. 인주와 처음 만나던 날 음식값 내기를 했던 친구들이다. 뜻밖의 연결고리를 잡았다는 기대가 꿈틀거렸다. 하지만 그 친구들의 입에서도 기대했던 인주의 소식은 들을 수 없었다. 중간고사가 끝나고 학교에서 잠깐 만난 게 전부라고 했다. 자퇴서를 내고 캐나다로 간다는 말만 했을 뿐, 연락처는 물론, 유학을 가는 건지 이민을 가는 건지 물어도 떠나는 이유는 말하지 않았다고 한다.

캐나다, 맞아! 지난 겨울 눈이 오던 날, 살짝 취기가 오른 인주가 "빨리 캐나다에 가 봐야 하는데"라고 혼잣말로 중얼거리며 글썽이던 젖은 눈망울이 떠올랐다. 제기랄, 그때 무슨 일로 그러는지 대답을 들었어야 했는데. 그러면 떠나지 않았을 수도, 떠나려는 인주를 붙잡을 수도 있었을 텐데. 후회는 한숨이 되어 돌아왔다.

이야기를 나누는 내내 친구들은 슬금슬금 이모의 눈치를 살폈다. 이모도 친구들도 알면서 숨기고 있다는 의심이 가득했지만 더 이상 캐물을 수도 없었다. 결국 인주의 소식은 어디에서도 듣지 못했다. 다만, 인주가 떠난 것이 나 때문이 아닐지도 모른다는 조그만 위안을 얻었다.

죽은 과거의 문이 반쯤 닫힌 기분이다. 고향으로 내려가기 전, 학교에 들러 휴학계를 제출했다. 인주와 떨어지기 싫어 미루었던 입대를 위해서.

상처가 아물려면 시간이 필요하다. 쉽지는 않았지만 깊게 파였던 나의 상처도 서서히 아물었다. 군을 제대한 후 학업도 정상을 되찾았다. 졸업하자마자 중견기업에 입사하여 평범한 직장인이 되었다. 그렇다고 인주를 아주 잊은 것은 아니다. 상처는 아물었지만 흉터는 그대로 남아 있었다. 어쩌다 긴 생머리를 늘어뜨린 여자라도 만나면 잰걸음으로 앞질러 가 얼굴을 확인해야만 다른 일이 손에 잡혔다.

잔을 들고 생글거리던 인주가 표정을 바꾸었다.

"그때 왜…"

순간 번개가 번쩍하며 우르릉 쾅, 하는 천둥소리가 인주의 뒷말을 잘라먹었다. 입 모양을 보면 '잡지 않았어?'라고 말하는 것 같았는데, 그때 왜 떠났는지 들을 수도 있었는데, 망할 놈의 천둥 같으니. 인주가 왜 갑자기 떠나야 했는지, 의혹에 다가서는 실마리를 가로챈 천둥소리가 한없이 원망스럽다.

"에이, 하늘이 가로막으니 옛날 얘기는 그만두고 술이나 마시자."

인주는 내 잔에 살짝 부딪치고는 단숨에 잔을 비웠다. 나도 따라서 잔을 비웠다. 술 맛이 그저 그렇다. 오늘같이 비 오는 날은 막걸리가 최고인데. 분위기 잡고 한잔하자더니, 와인을 마신다고 저절로 분위기가 잡히나. 그것도 닦지도 안은 물컵이라니. 나는 밑도 끝도 없는 불만을 속으로 구시렁거리며 빈 잔을 내려놓았다.

조용히 나를 바라보는 인주의 표정이 살짝 어두워졌다. 잔을 들어 와인을 다시 채우며 내게 물었다. 나는 제 풀에 놀라 뜨끔했지만 인주의 질문은 다른 곳에 가 있었다.

"세상에서 가장 소중한 사람을 잃는다는 게 어떤 기분인지 알아?"

나지막이 흐르는 목소리에는 슬픔이 배어 나왔다. 나는 인주를 빤히 쳐다보며 눈으로 말했다.

'바보야! 그걸 몰라? 네가 나한테 절실하게 가르쳐 주었잖아.'

내 가슴 깊이 울리는 메아리를 들었는지 인주가 다시 물었다.

"잃어버린 소중한 걸 돌려받으려면 지금 손에 든 또 다른 소중한 걸 버려야 할 때는 어떻게 해야 할까?"

인주의 초점 잃은 눈동자는 내가 아닌 허공에 머물렀다. 나는 또 눈으로 대답했다.

'바보야! 사과 두 개를 한 손에 쥘 수 없으면, 두 손에 하나씩 나눠 들면 되잖아.'

토도독, 토도독, 창문을 두드리는 빗소리가 내 대답을 대신해 주었다. 허공을 응시하며 잠시 생각에 잠겨 있던 인주가 반짝 눈을 깜박였다. 그리고 생글생글 웃으며 다가와 낮은 목소리로 귀에 대고 속삭였다.

"대차지 못한 대찬 씨! 우리 회사 일은 몽땅 잊어버리고 오붓하게 여행이나 떠날까?"

번쩍, 우르릉 쾅. 번개에 눈이 시리고 천둥에 귀가 먹먹하다. 뇌동에 놀라 쏟아지는 빗방울이 더욱 세차게 창문을 두드렸다.

우연은 말 그대로 우연이어야 한다. 가공된 우연은 우연이 아니다. 당연히 눈시울 뜨거운 감동도, 가슴 뛰는 설렘도 따라오지 않는다. 흔한 일은 아니지만 때로는 뜻밖의 드라마틱한 우연을 만나기도 한다.

그날 갑자기 나에게 손을 내민, 그토록 찾아 헤맬 때는 안개 저편에 숨어 있던, 우연이 그랬다.

팀장이 월요일 아침의 정례회의를 마치고 사무실로 들어서며 내게 건넨 한마디가 과거로 돌아가는 길목의 잠긴 문을 열어 주는 우연의 열쇠였다.

"안대찬 씨, 오늘 오후에 전무님과 미팅이 있으니 다른 약속 잡지 말고 사무실에 대기하고 있어요."

"네, 알겠습니다. 자료 준비는 어떤 걸로…"

말을 마치기도 전에 의도를 짐작하기 어려운 대답이 돌아왔다.

"없어요. 마음만 준비하면 돼요."

전무와 예정에 없는 미팅을 하는데 자료는 필요 없고 마음만 준비하라니. 궁금한 만큼 당혹스럽다. 자료도 없이 미팅에 참석하라는 이유도 납득하기 어려웠다. 말 속에 묻어나는 분위기로 봐서는 별로 중요한 문제는 아닌 것 같았지만, 과장과 대리가 있는데, 둘 다 건너뛰고 말단인 나를 부른 이유를 모르니 괜히 부담스러워 오전 내내 일이 손에 잡히지 않았다.

팀장은 회의실이 아닌 전무의 방으로 나를 데려갔다. 자리에 앉자마자 서로 눈짓을 교환하더니 팀장은 다른 일을 처리하겠다며 다시 밖으로 나갔다. 팀장이 같이 있는 자리에서 얘기하기가 껄끄러운 모양이다. 나를 부른 이유에 대한 궁금증이 불안한 부담으로 바뀌었다.

"앉아요. 왜 불렀는지 궁금했죠?"

당연한 질문이 나를 더 당혹스럽게 만들었다.

"무슨 일이냐 하면, 모란도 프로젝트 기억하지요?"

모란도 프로젝트라면 캐나다 투자회사가 주관하는 컨소시엄이 모란도에 건설하는 마리나를 비롯한 휴양단지 조성 사업에 입찰하려고 우리 팀원 전체가 매달려 공들인 기획안이 아닌가. 그런 대규모 프로젝트가 말단인 내가 배석자 없이 전무와 독대하는 이유라니, 어안이 벙벙하다.

"다행히 우리 회사 기획안이 일 차 서류심사를 통과했답니다. 나머지는 마지막 관문인 프레젠테이션이 다음 주 목요일이라는 것인데,

시간이 너무 촉박해요. 더구나 주관사에서 파견된 전산시스템 담당자가 캐나다 유학파인 젊은 여잔데 꽤나 까다로운가 봐."

전무는 물을 한 모금 마시며 눈치를 살폈다.

"그래서 우리도 이번 프레젠테이션엔 타성에 젖은 노땅 대신 젊고, 잘생기고, 신선한 안대찬 씨를 내세우기로 결정했어요. 허 팀장은 물론 관련 부서 팀장들과 상의하여 고민 끝에 내린 결론이니 잘 준비해서 좋은 성과 내기 바라요. 지원이 필요하면 언제든 얘기하고."

머릿속이 하얘졌다. 우리 회사가 한 번도 경험하지 못한 대규모 사업이다. 이 정도 사업을 따내기 위한 최종 프레젠테이션이라면 수많은 실적과 경험을 토대로 방대한 자료를 축적한 회사들과 경쟁하는 자리다. 이제 걸음마 단계인 우리는 빈손이나 다름없다. 그렇다고 남다른 비결이 있는 것도 아니다. 더구나 주어진 시간은 열흘 남짓. 회사의 명운을 걸고 준비해야 할 중차대한 사안인데, 말단이나 다름없는 나보고 혼자 알아서 하라니 도무지 납득할 만한 이유를 찾을 수 없었다. 남의 일처럼 얘기하는 성의 없는 말투에는 하기 싫은 일을 억지로 떠넘기는 듯한 미심쩍은 의도가 짙게 드리웠다.

자리로 돌아와 전무의 이야기를 되짚어 보았다. 그들의 속내가 어렴풋이 엿보인다. 자기들이 나서 직접 대적하려니 엄두가 나지 않고, 그렇다고 그냥 포기할 수도 없어 명분을 만들기 위해 만만한 나를 총알받이로 내세웠다는 느낌에 오기가 뻗쳤다. 그래, 해 보자. 밑져 봐야 본전이지. 호승심이 일었다.

나에겐 잊을 수 없는 날이 셋 있다. 인주를 만나던 날, 인주가 떠나던 날. 그리고 그날. 또 하나의 잊을 수 없는 날이 밝았다.

 사무실에 들러 열흘 동안 밤새워 준비한 자료와 노트북을 챙겨 들고 팀장을 따라 나섰다. 프레젠테이션이 진행되는 강당에 우리를 위한 자리는 없었다. 강당 맨 뒷줄에 앉아 차례를 기다렸다. 도상훈련을 통해 애써 정립한 나만의 중심이 흔들리지 않으려면 먼저 진행하는 경쟁사들의 프레젠테이션은 보지도 듣지도 말아야 한다. 억지로 눈과 귀를 닫고 버티는 부담스러운 시간이 지나고 드디어 우리 차례. 단상으로 올라가 노트북을 모니터에 연결하고 돌아섰다.

 순간, 한 여자의 얼굴이, 극장의 초대형 화면보다 더 크고 또렷한 파노라마로 망막에 영사되었다.

 인주였다. 인주가 심사위원석 가운데 앉아 나를 쳐다보고 있었다.

 잠깐 눈이 마주쳤다. 맨눈이 태양에 노출되면 다른 사물은 그 빛에 빨려 들어 하나도 보이지 않는다. 내가 그랬다. 인주와 눈이 마주친 나는 빛에 눈 먼 장님이 되었다. 허공에서 춤추는 수많은 동그라미들이 어지럽게 가물거렸다. 프레젠테이션을 진행하는 나의 목소리는 산골짝을 맴도는 영혼 없는 메아리가 되어 허공으로 흩어졌다.

 프레젠테이션을 마치고 돌아와 입사하고 처음으로 연차를 냈다. 배낭을 꾸리고 기차표도 예약을 했지만 떠나지 못했다. 누가 잡거나 다른 문제가 있어서가 아니다. 그저 만사가 귀찮아 움직이기조차 싫었다. 커튼을 내리고 수면용 안대를 썼다. 그러자 눈꺼풀을 스크린 삼아 빛에 **빼앗겼던** 시력이 돌아왔다. 수많은 사람들에 둘러싸여 앞으로 나가지 못하고 갈팡질팡 제자리에서 맴도는 내가 보인다. 눈을 감고, 귀를 막고 어디론가 도망치려 발버둥이다. 나를 에워싸고 낄낄거리며 비웃는 사람들 사이에서 무심히 바라보는 인주의 모습도 보인다. 참지 못하고 안대를 풀었다. 이번엔 전화벨이 나를 괴롭혔다. 귀를 막아도 도망칠 수가 없었다. 핸드폰을 들자 팀장의 호통이 터졌다.

"지금 연차 내고 한가하게 휴가를 즐길 때가 아니니 빨리 옷 갈아입고 회사로 나와."

팀장은 내 말은 듣지도 않고 전화를 끊었다. 잠시 멍하니 앉아 핸드폰을 만지작거리다 탁자에 올려놓은 사직서를 집어 들고 집을 나섰다.

사무실 분위기가 평소와 달리 어수선하다. 설마 나 때문에 그런 건 아니겠지. 스스로를 위안하며 곧바로 팀장을 찾아갔다. 팀장도 약간 상기된 얼굴이다. 주머니에서 사직서를 꺼내려는 순간 팀장이 먼저 입을 열었다.

"다른 말 필요 없고, 수고 많았어. 이번 입찰에 우리가 선정될 수 있었던 건 순전히 자네 공이야. 모란도 개발과 관련한 모든 전산시스템의 설치와 사후관리까지 모두 우리가 맡아 처리하려면 꽤나 바빠질 테니 단단히 마음먹어."

이게 어찌 된 영문인가. 우리가 최종 낙찰자로 선정되었다니. 믿을 수가 없었다. 빛에 눈이 멀어 넋 놓고 진행한 프레젠테이션이 어떻게 그들의 공감을 얻었을까. 아무리 곱씹어도 도무지 이해할 수가 없었다. 모세가 지팡이를 들면 홍해가 갈라진다지만, 나에겐 그런 기적을 부를 만한 요술 지팡이가 있을 리 만무하다. 그렇다면 내 속에 또 다른 나, 도플갱어가 있어 나를 대신했단 말인가.

팀장은 혼돈에 빠진 나를 데리고 사장실로 올라갔다. 사장실엔 각 부서의 팀장들이 모두 모여 있었다.

"어서 오게. 이리 와 앉지."

사장은 나를 옆자리에 앉히고 직접 회의를 주재했다. 허 팀장이 일어나 자신만만하게 모란도 프로젝트에 대한 경과 보고를 장황하게 늘어놓았다. 회의를 마치며 사장이 내린 지시에 따라 나는 얼떨결에 모란도 프로젝트의 팀장이라는 감투를 썼다.

기차를 타기로 했다. 목적지는 정하지 않았다. 역에 가서 마음 내키는 곳을 골라 표를 사고, 발길 닿는 대로 떠나면 그만이다. 역으로 가는 버스 안에서 인주가 빗물에 얼룩진 차창 밖을 내다보며 내게 물었다.

"대찬 씨! 대찬 씨 매력이 뭔지 알아?"

"응? 나에게 그런 게 있었어?"

나에게 매력이 있다는 인주의 칭찬에 고무되어 어깨가 으쓱 올라갔다.

"대찬 씨는 아무 것도 묻지 않는다는 거야."

엥, 이게 뭔 뚱딴지 같은 소리야. 매력이란 게 고작 아무것도 묻지 않는다는 거라니, 우쭐했던 기대가 와르르 무너졌다.

"남들은 그런 대찬 씨를 보고, 좋게 말하면 싱거운 사람이고, 나쁘게 말하면 배알이 없다고 하겠지만 나에겐 그게 매력이었어. 달아나기 싫은, 더 꽉 잡아 주길 바라는 포근한 올가미 같은 거 있지?"

나는 말없이 듣기만 했다. 차창에 부딪친 빗방울이 흐린 여운의 꼬리를 남기고 끊임없이 흘러내린다. 인주는 내 어깨에 머리를 기대고 나직하게 속삭였다.

"왜냐하면 내가 왜 외삼촌 집에서 지내야 했는지, 엄마 아빠는 누구고, 어디에 살고 있는지, 구태여 들춰 낼 필요가 없었으니까."

그런 거였구나! 그런 아픔이 있었구나! 집으로 돌아갈 때마다 "여기까지만"이라고 말하며 나를 떼어 놓아야 했던 이유가 희미하게 형체를 드러냈다. 만나는 사람들마다 호구조사 나온 동사무소 직원처럼 이것저것 시시콜콜 캐묻는 질문들이 남에게 내보이기 싫은 아픔을 지닌 인주에겐 적잖은 고통이었을 것이다. 아픔을 감추고, 아픔을 모르는 사람처럼 억지로 웃는 시간들이 얼마나 괴로웠을까. 나는 인주의 손을 꼭 잡아 주는 것으로 마음을 전했다.

버스에서 내려 우산을 펼쳤다. 일부러 우산은 하나만 들고 나왔다. 아직도 빗줄기는 거세다. 텅 빈 광장을 휘도는 바람을 타고 차가운 안개비가 우산 속으로 날려 들어 옷깃을 촉촉하게 적셨다. 팔에는 오톨도톨 작은 소름이 돋았다. 나는 살포시 인주의 허리를 감싸안았다. 인주는 거부하지 않았다. 오히려 내 품으로 바싹 다가들었다. 우리는 하나가 되어 역을 향해 걸었다. 후두둑, 후두둑. 우산을 두드리는 빗소리가 상쾌하게 고막을 울린다.

비안개가 소용돌이치는 광장의 한가운데 이르러 인주가 갑자기 걸음을 멈췄다. 그리고 조용히, 차분하게 가라앉은 목소리로 말했다.

"대찬 씨, 오늘 우리가 꼭 같은 기차를 타지 않아도 되는 거지?"

번쩍, 우르릉 쾅. 천지가 요동쳤다. 정신이 혼미하다. 나는 빠져나

가려는 정신줄을 붙잡고 처음으로 인주를 똑바로 쳐다보며 큰 소리로 물었다.

"번개는 어둠을 밝히는 희망의 빛이야? 아니면, 잠깐 빛나다 더 깊은 어둠의 나락으로 끌고 들어가는 환영인 거야?"

그리고 인주의 허리를 힘주어 끌어안았다. 이번에도 인주는 거부하지 않았다. 나는 인주의 귀에 대고 속삭였다.

"이젠 그게 빛이든 환영이든 상관없어. 또 다시 어둠의 나락으로 떨어져 괴로워하느니 차라리 똑바로 마주 보고 눈이 멀어 버리고 말 거야."

인주가 두 팔로 살며시 내 목을 감싸 안았다. 달콤한 인주의 입술만큼 빗소리가 감미로운 오후다.

멍게와 민달팽이

차가운 삭풍에 문풍지가 밤새 울었다. 날이 밝아도 기세 오른 바람은 그칠 줄 모른다.

사립문 문설주에 매달려 흔들리는 낡은 우편함이 토해 내는 삐걱거리는 울림이 고통에 찬 환자의 신음처럼 귀에 거슬렸다. 못질 한두 번이면 간단히 해결될 문제건만, '내일 하면 되지' 하며 미루기를 며칠째, 오늘도 텅 빈 속만 들여다보고 허망하게 돌아서고 말았다.

팽이가 우편함을 만들어 사립문에 매단 것은 이 년 전이다. 난데없이 들이닥친 초여름 태풍에 휩쓸려 폐허가 된 바닷가, 삐죽 솟은 거친 갯바위에 매달려 절규하는 멍게의 영상이 TV 화면에 비쳤다. 뉴스를 대하는 순간, 몇 년 전 거센 폭풍우에 어렵사리 일궈 낸 삶의 터전을 송두리째 빼앗겼던 쓰라린 기억이 생생하게 되살아났다. 일면식도 없는 남이지만 동질의 상처가 멍게의 처절한 절규에 녹아내려 떼어낼 수 없는 이명처럼 따라다녔다. 당장 달려가 도와주고 싶어도 민달팽이의 짧은 다리로 찾아가기엔 너무 먼 거리다. 그렇다고 그냥 지나치기엔 왠지 모르게 마음 한구석이 무거워 편치 못한 하루하루를 보내던 어느 날, 한 자선 단체에서 팽이가 사는 마을로 모금을 나왔다. 팽이는 마음이나 전하려고 위로의 글 몇 자 적고 푼돈 몇 닢 보태 모금함에 넣으며 스스로 위안을 삼았다.

　여름이 시들 무렵, 문 앞에 떨어진 편지 한 통이 눈에 띄었다. 뭐지. 무심코 집어 들었다. 수신인도 없고 우표도 붙지 않은 누렇게 빛바랜 편지봉투가 봉합도 되지 않은 채 입을 벌리고 있었다.

　봉투를 열어 내용물을 꺼냈다. 태풍에 쓸려 간 희망을 되찾아 준 도움에 감사하다는 간단한 인사말이 적힌 종이쪽지 한 장이 전부다. 아마도 구호품을 받아 든 누군가 자선 단체에 전달한 답례 편지라 여겨진다. 의미 없는 겉치레로 치부되어 쓰레기통에 처박히기 십상이었지만, 운 좋게도 마음가짐이 올곧은 자를 만나 팽이를 기억하는 자원봉사자의 손을 빌려 집 앞에 던져졌을 것이다.

　팽이 역시 불쏘시개로나 써먹을 휴지 조각이라 무시하고 다시 집어넣으려는데 봉투 뒷면에 적힌 주소가 우연히 눈에 들었다. 뉴스에서 본 그 동네라고 어렴풋이 짐작된다. 절규하는 멍게의 지워졌던 영상이 다시금 선명하게 다가왔다. 혹시 그 멍게가 아닐까. 호기심이 일었다. 아련한 눈가에는 폭우에 시달리며 사투를 벌이는 민달팽이 한 놈도 아른거린다.

　팽이는 바다를 본 적이 없다. 당연히 멍게를 만난 적도 없다. 생김새도 비슷해 아무리 자세히 살펴도 그놈이 그놈, 도대체 구분이 안 된다. 어떤 곳에서 어떻게 사는지는 TV에서 떠드는 대로 상상만 할 뿐이다. 아는 것 같지만 실상은 아는 게 하나도 없다. 호기심만 커졌다. 한동안 망설이다 호기심이 시키는 대로 편지를 보냈더니 며칠 후 답장이 왔다.

　둘은 편지를 주고받으며 동갑내기라는 인연으로 속내를 털어놓는 친구가 되었고, 가까워질수록 편지의 왕래도 잦아졌다. 그만큼 언제 올지 모르는 명이의 편지를 받아 보관해 줄 우편함이 절실했다. 비만 오면 빗물이 들이치는 처마 반자를 고치려고 준비해 둔 송판을 꺼내 어설프지만 정성을 다해 다듬고 못질하여 사립문 문설주에 걸어 놓고 드나들 때마다 열어 보는 낙으로 삼았다.

 봉화산에서 흘러내린 골짜기 끝자락에 펼쳐진 작은 들판이 개똥바탕이다. 어디서든 고개만 들면 봉화산이 올려다보인다. 벌판 가운데 들어선 커다란 느티나무를 에워싸고 쇠똥구리, 풍뎅이, 땅강아지, 달팽이, 굼벵이들이 굼실굼실 어울려 마을을 이루었다. 들은 좁아도 땅이 비옥해 부지런히 몸뚱이만 애쓰면 끼니 걱정은 잊고 살 만한 넉넉한 곳이다.

 좋은 게 있으면 나쁜 일도 있는 법. 잊을 만하면 불쑥불쑥 몰아치는 봉화산의 골바람이 골칫거리였다. 이유도 모르는 채 시도 때도 없이 괴롭힘을 당하지만, 맞서 싸울 엄두는 못 내고 운명으로 받아들이는 비루한 군상들의 터전으로 어울리는 들판. 그래서 세간에서는 마루들이란 이름 대신 개똥바탕이라고 해야 더 잘 알아듣는다.

 팽이 역시 복 없이 태어나 가진 것은 질긴 명줄에 매달린 몸뚱이가 전부다. 풍뎅이처럼 자유롭지도 못하다. 그렇다고 굼벵이처럼 때가 되면 날개가 돋아나 날아오를 팔자도 아니다. 평생을 개똥바탕에 눌러앉아 봉화산의 골바람을 걱정하며 살아야 할 운명을 타고났다. 성격마저 소심해 하고 싶은 것, 먹고 싶은 것 모두 참고 견디는 궁기가 덕지덕지 눌어붙은 고달픈 신세다.

편지 속에 담겨 오는 멍이의 형편도 별반 다를 게 없었다. 따개비로 뒤덮인 거친 갯바위에 뿌리내린 탓에 하루도 쉴 새 없이 해루질을 해야 먹고사는 고단한 나날, 어쩌다 큰 바람이라도 몰아치면 그마저도 매몰찬 파도에 빼앗기고 헐뜯기는 힘겨운 삶을 견뎌 내고 있었다. 그러나 미래를 바라보는 목마름은 판이하게 달랐다. 개똥바탕에 주저앉아 세상사에 눈을 감은 팽이와 달리 멍이는 자유가 넘실거리는 바다로 나가겠다는 꿈을 포기하지 않았다. 당장은 바닷바람의 위세를 등에 업고 갯마을을 괴롭히는 파도를 막는 일이 우선이라 마을 앞 갯마루에 방파제를 쌓기 위해 등짐으로 돌을 나른다고 했다.
  평생 개똥바탕을 떠난 적 없는 팽이는 TV에서 보여 주고 들려주는 것만이 세상의 전부이고 진실이라 믿고 살았다. 그런데 멍이를 알고부터 TV에 대한 철석 같은 믿음이 깨지고 희미한 의문이 자라나기 시작했다. 편지를 읽을 때마다 의구심은 입바람이 들어차는 풍선처럼 부풀어 올랐다. 하지만 개똥바탕은 사방이 산으로 둘러싸인 외딴 들녘, 아무리 바깥 세상이 궁금하고 세상사에 의혹이 일어도 털어낼 길이 없는 고립무원. 집 앞에 걸어 놓은 허름한 우편함으로 날아드는 멍이의 편지만이 답답함을 달래 주는 유일한 통로였다.
  그런데 겨울이 다가오며 하나뿐인 그 통로마저 막혀 버렸다.
  하루도 빼놓지 않고 집안으로 들어설 때마다 '오늘은' 하는 간절한 마음으로 우편함을 열어 보지만, 텅 빈 우편함엔 찬바람만 휑하다. 삶의 의미를 채워 주던 유일한 낙이 가슴 아린 걱정과 끝이 보이지 않는 기다림으로 바뀌었다.

"뭐가 그리 심각해?"

"어쿠, 깜짝이야. 눈알이 쏙 들어갈 뻔했네."

언제 다가왔는지 사촌인 달배가 옆에 서 있었다.

"눈이 왜 들어가? 뭔 죄 졌어?"

"너나 나나 같은 달팽이 주제에, 놀라면 눈알이 쏙 들어가지 남들처럼 툭 튀어나오냐?"

팽이는 복잡한 속내를 들킨 것 같아 짐짓 화난 척 목소리를 높였다. 어이없을 정도로 과민한 반응에 놀란 달배가 입을 닫았다. 잠시 둘 사이를 침묵이 갈라놓았다. 만날 때마다 스스럼없이 농담을 주고받으며 허물없이 지내 온 터라 갑자기 찾아든 침묵이 어색하기 짝이 없다. 괜스레 언성을 높인 무안함에 팽이가 먼저 입을 열었다.

"멍이의 편지를 읽고 있으면 자꾸 무언가를 상상하게 되고 가슴이 울렁거려. 나도 뭔가 하긴 해야겠는데, 그게 뭔지 잘 모르겠어."

멍이의 편지가 끊기기 전까지 팽이는 편지에 실려와 가슴 울렁이게 만드는 상상의 실체가 무엇인지 궁금해도 억지로 들춰내려 욕심 부리지 않았다. 꿈을 꾸게 만드는 상상 그대로가 좋았다. 손으로 만지고 눈으로 보지는 못해도 꿈이 생기니 고단하기만 하던 날들이 기대로 차오르고 나태에 찌들었던 몸뚱이에 생기가 돌았기 때문이었다.

"에이 씨, 막걸리나 한잔 하려고 왔는데, 오늘은 분위기가 영 아닌 것 같네. 아자씨! 난 이만 물러가겠나이다."

달배는 팽이의 심중한 어조가 부담스러운 모양이다. 분위기를 바꿔보려고 억지로 건넨 농담에도 팽이가 반응을 보이지 않자 슬며시 돌아서며 뜻깊은 한마디를 남겼다.

"대충 뜻은 알겠는데, 너무 깊이 빠져들지는 말어."

달배의 말이 사실인지도 모른다. 그러나 여기서 멈출 수 없는 이유가 생겼다. 그동안 잊고 지내던 상상의 실체가 어렴풋이 보이기 시작한 것이다. 어느 날 문득 쥐새끼가 코끼리보다 더 크게 보이도록 현혹하고, 피에 굶주린 이리를 양으로 둔갑시킬 수 있는, TV 뒤에 숨겨진 왜곡된 진실이 어렴풋이 눈에 들었다. 안개가 걷히는 봉화산의 검은 그림자처럼 서서히 형체를 드러내는 상상의 실체는 그동안의 기대와 달라도 너무 달랐다. 오히려 정반대였다. TV가 만들어 낸 환상이 깨지며 멍이가 방파제를 쌓기 위해 무거운 돌짐을 지는 이유도 알 것 같았다.

달배가 다녀간 후, 팽이는 봉화산에서 불어오는 골바람을 막아 줄 소나무를 심기로 마음을 굳히고 씨알이 맺힌 솔방울을 바구니에 주워 담아 마당 한 귀퉁이에 묻었다. 봄날의 햇살을 받아 싹이 트고 소나무가 자라 숲을 이루면 봉화산의 거센 골바람을 막아 주리란 희망도 같이 커 갔다.

이웃에게도 나무를 심자고 권할 만큼 신념도 자리 잡았다. 그러나 팽이를 지켜보는 이웃들의 시선은 곱지 않았다. "골바람을 막아 줄 나무를 심자고?" "주제를 알고 살아야지. 저러다 큰코다치지." 여기저기서 수군대는 비아냥으로 돌아왔다. 날이 갈수록 이웃들과 대화가 줄어들고 편치 않은 벽이 생겼다. 팽이는 남들이 아무리 손가락질하고 핀잔을 줘도 뜻을 굽히지 않았다. 파도를 막기 위해 무거운 등짐을 나르는 멍이가 아른거려 멈출 수가 없었다. 세상에 등을 돌린 이웃을 설득하려 애쓰는 대신 묵묵히 씨알이 맺힌 솔방울을 모아 마당 한편에 묻으며 싹이 트기를 기다렸다.

가을걷이가 끝나 갈 무렵, 산에서 내려온 고슴도치와 때까치가 일을 마치고 돌아오는 팽이를 불러 세웠다. 놈들은 지게를 내려놓고 돌아서는 팽이에게 다가와 다짜고짜 코앞까지 얼굴을 들이밀며 윽박질렀다.

"괜한 짓 하지 말고 니 할 일이나 잘해. 뜬구름 잡다 떨어지면 쥐도 새도 모르게 가는 거야."

목에 손 칼날을 들이대며 지껄이는 말투가 거칠기 짝이 없다. 입에서는 술 냄새와 담배 냄새가 버무려져 두엄 썩는 냄새가 풀풀 풍겼다. 놈들은 황당한 사태에 말문이 막혀 입을 열지 못하는 팽이를 무시하고 집 안팎을 들쑤시고 다녔다. 무언가를 찾는 눈치다.

고슴도치가 솔방울을 묻어 놓은 자리에 멈춰서 땅을 파낸 흔적을 유심히 살폈다. 솔방울이 묻힌 자리를 뚫어지게 쳐다보며 입술을 씰룩이는 음침한 표정이 징그럽다 못해 섬뜩하다. 놈은 확신에 찬 어조로 때까치를 부르더니 미리 약속이라도 한 듯 삽을 들고 와 땅을 파헤쳤다. 가으내 정성 들여 모아 둔 솔방울들이 마당으로 날아가 차가운 땅바닥에 나뒹굴었다. 소란에 놀란 이웃들이 모여들었지만 안하무인으로 나대는 놈들의 기세에 주눅 들어 누구 하나 나서지 못하고 서로의 눈치만 살폈다.

잠시 후, 담을 넘어오던 삽질 소리가 그쳤다. 때까치가 먼저 나와 우편함을 열어 보더니 팽이를 향해 돌아섰다.

"진짜로 죽기 싫으면, 앞으론 죽었다 하고 조용히 지내. 알았어?"

또 한 번 겁박을 늘어놓으며 들고 있던 종이 뭉치를 눈앞에 대고 흔들었다. 놀랍게도 그동안 모아 둔 멍이의 편지들이 놈의 손에 구겨진 채 들려 있었다. 뭐라고 대거리할 말이 떠오르지 않는다. 분노가 치솟아 머릿속은 뿌연 안개로 가득 차고 온몸이 부르르 떨렸다.

놈들이 담배를 꼬나물고 건들건들 돌아서자 모여들었던 이웃들이 썰물처럼 길을 터 주었다. 무심을 가장한 표정엔 두려운 기색이 짙은 그늘을 드리웠다. 놈들은 다시 한번 팽이를 노려보고 의기양양하게 마을을 떠났다. 모여들었던 이웃들도 힐끗힐끗 서로의 눈치를 살피며 하나둘 발길을 돌렸다.

홀로 자리를 뜨지 못하고 서성이던 이장이 팽이에게 다가와 분노에 들썩이는 어깨를 조용히 감싸 쥐었다. 무슨 말인가 할 듯 말 듯 망설이는 그의 손이 가볍게 떨렸다. 이장은 한동안 근심 어린 눈으로 팽이를 바라보다 깊은 한숨을 몰아쉬고는 말없이 돌아섰다.

놈들이 행패를 부리고 떠난 자리, 흐트러진 솔방울에 묻어난 키득키득 비웃는 소리가 천둥처럼 고막을 울린다. 분노가 끓어올라 숨쉬기조차 버겁다. 작대기를 움켜쥔 손바닥이 끈적거린다. 팽이는 마음을 다 잡았다. 땅은 보지 말자. 하늘만 보자. 고개를 들었다. 잿빛으로 물든 하늘은 낮게 가라앉았고, 겨울을 부르는 차가운 바람이 촉촉이 젖은 눈시울을 훑고 지나갔다.

집 안으로 들어가 지게를 내려놓고 흐트러진 솔방울을 하나도 남김없이 바구니에 주워 담아 뒤꼍 양지바른 곳에 다시 묻었다. 그리고 그날 밤, 갈기갈기 찢어진 초라한 심정을 멍이에게 눈물로 토로했다. 울분을 토하며 써 내려간 편지에는 손바닥에 남아 있던 핏자국이 음영으로 얼룩졌다.

가을이 저물고 희끗희끗 첫눈이 내리던 날, 멍이에게서 답장이 왔다.

벗이여!

힘들더라도 우리 나무만 보며 살자. 배고픈 짐승의 발톱에 그루터기가 뜯기고, 바람에 가지가 부러지는 것은 나무가 커 가며 겪어야 하는 굴곡진 성장통의 일부. 뜯기고 부러진 상처가 아프고 아리겠지만 결국에는 묵묵히 자라나 숲을 이루지 않는가. 당장 아리고 아프다고 눈 감으면 후세들이 한여름 더위에 쉬어 갈 그늘은 어디서 찾겠는가. 계절마다 휘몰아치는 모진 바람은 누가 막아 주겠는가.

이곳 역시 깊어 가는 가을을 탐닉할 겨를도 없이 벌써 겨울을 재촉하는 찬바람이 밀려오네. 올해는 겨울이 오기도 전에 유례없이 혹독한 폭풍이 몰아칠 것이라는 소문도 파다하네.

나 역시 바람에 흔들리는 나뭇잎 같은 존재. 한때는 둥치로 자라 우뚝 서겠다는 포부를 품었던 날도 있었지만, 이제는 아닐세.

봄을 위하여, 그루터기의 겨울나기를 위하여, 나는 한 잎 낙엽으로 땅에 떨어져 봄날의 밑거름이 되기로 작심하였네.

당분간, 아니 영원히 소식을 전하지 못할지도 모르지만, 부디 나를 잊지 말아 주었으면 하는 바람이네.

개똥바탕이 아닌, 마루들의 온화한 겨울나기를 비네.

다시 소식 전할 봄날을 기다리며…

멍이가.

불길한 예감이 엄습했다. 손이 떨리고 가슴이 벌렁거렸다. 애써 마음을 추스르고 몇 번을 다시 읽어도 마찬가지. 서둘러 펜과 편지지를 꺼내 들었다. 그러나 답장은 오지 않았다. 몇 차례 더 편지를 보냈지만, 더 이상 멍이의 소식은 들을 수 없었다.

겨울이 깊어지며 팽이에게도 유난히 혹독한 추위가 밀려들었다. 봉화산에 먹구름이 드리우면 영락없이 눈보라가 몰아쳤다. 밤낮을 가리지 않고 몰아치는 눈보라에 발이 묶여 꼼짝 못하는 개통바탕의 나약한 군상들은 기나긴 겨울을 추위에 움츠리고 지내야 했다. 눈에 묻혀 꽁꽁 얼어 버린 개통바탕에 봄은 영원히 오지 않을 것 같았다.

봉화산에서 불어오는 세찬 골바람을 맞으면서도 팽이는 하루도 거르지 않고 우편함을 확인했다. 아무리 눈보라가 몰아치고 골바람이 거세도 언젠가 봄은 올 것이고, 멍이의 소식도 들을 수 있을 것이라는 희망의 끈을 놓지 않았다.

연말을 앞두고 빈 우편함을 만지작거리며 수리산을 응시하는 팽이에게 이장이 다가왔다.

"이 사람아! 집 앞 꼴이 이게 뭐야. 귀찮아도 눈 좀 치우고 살어."

"만날 눈만 쓸면 뭐 해요. 치우고 나면 금방 또 퍼붓는 걸요."

팽이는 짙은 잿빛 하늘이 내려앉은 봉화산을 눈짓으로 가리켰다. 산봉우리를 휘도는 먹구름은 당장이라도 눈보라를 몰고 올 기세다. 이장은 팽이와 봉화산을 번갈아 쳐다보며 긴 한숨을 내쉬었다.

"그날 일은 맘에 두지 말게."

이장은 밑도 끝도 없이 지난 가을에 일어났던 일을 끄집어냈다. 조심스러운 말투가 산에서 내려온 놈들이 행패를 부렸던 이유를 알고 있었다는 눈치다.

"지난여름 자네 친구가 사는 갯마을에서 놈들에게 달갑지 않은 소동이 벌어졌던 모양이야. 놈들은 무슨 수를 쓰든 소동을 일으킨 주동자를 옭아맬 꼬투리를 찾으려고 자네를 찾아왔던 것 같아."

팽이는 아무 대꾸도 하지 않았다. 놈들이 행패를 부려도 말 한마디 못하던 이장에게 서운한 앙금이 남아서가 아니다. 무슨 트집을 잡아서라도 주동자를 옭아매려 했다는 말에 멍이의 마지막 편지가 아른거려 가슴이 철렁 내려앉아 더 이상 아무 소리도 귀에 들리지 않았다. 놈들이 멍이와의 관계를 어떻게 알았는지 궁금하지도 않았다. 멍이는 어떻게 되었을까. 무사하긴 한 건가. 머릿속은 온통 멍이 걱정으로 가득 찼다.

"보기 싫은 놈은 외통수로 마주치고 암울한 역사는 반복된다지만, 피를 부르는 이리 떼가 활개 치는 세상을 또다시 보게 될 줄이야."

짙은 잿빛으로 가라앉은 하늘을 올려보며 나직이 읊조리는 이장의 넋두리에는 상대가 분명치 않은 적개심이 묻어나왔다. 팽이와 이장의 눈은 똑같은 곳, 봉화산을 노려보았다.

둘 사이에 흐르는 무거운 침묵을 깨트린 건 이장이었다.

"내일이 대동회 날인 건 알고 있지? 부녀회 아주머니들이 도와주겠지만, 그래도 남자가 할 일이 따로 있으니 귀찮더라도 자네가 먼저 나와 허드렛일 좀 거들었으면 하네."

굳이 대답할 필요가 없는 얘기다. 고개를 끄덕이는 팽이의 어깨를 토닥이며 기통문 한 장을 쥐여 주고 돌아서는 이장의 뒷모습이 감당하기 힘든 등짐에 짓눌린 난쟁이처럼 왜소해 보였다.

대동회는 눈보라 속에 치러졌다. 잔뜩 찌푸렸던 하늘이 급기야 눈폭탄을 터트렸다. 회관 앞에 얼기설기 가설해 놓은 천막이 눈의 무게를 견디지 못하고 위태롭게 배를 내밀었다. 그냥 놔두면 언제 내려앉을지 모른다. 팽이는 지지대를 덧세우고 천막 귀퉁이에 잡아맨 노끈을 팽팽하게 잡아당겨 돌부리에 단단히 동여맸다. 살얼음이 낀 돌덩이에서 전해지는 냉기가 손을 에인다.

"오빠, 이거 끼고 해."

아지가 다가와 자기가 끼고 있던 장갑을 벗어 팽이에게 내밀었다. 장갑에는 아지의 따스한 온기가 그대로 남아 있었다. 물끄러미 바라보는 팽이의 눈길을 피하지 않고 배시시 웃는 미소에 얼어붙은 마음이 사르르 녹아내렸다. 아직 어린 줄 알았는데, 갑자기 여인으로 다가오는 아지의 성숙함이 은근히 어색하다.

"난 괜찮아. 그런데 겨울방학이 길다고는 하지만 너무 오래 내려와 있는 거 아냐? 미리 올라가 다음 학기 준비도 해야 할 텐데."

어색한 속내를 감추려고 별 뜻 없이 던진 말에 아지의 반응은 심각했다.

"언제 올라가야 할지 나도 잘 모르겠어. 아빠를 생각하면 올라가도

맘이 편치 않을 거 같아."

 알 듯 모를 듯, 의미가 숨어 있는 대답이 심상치 않다. 방금 전까지 배시시 감돌던 미소는 자취를 감추고 수심에 찬 눈가에는 어두운 그늘이 드리웠다.

 아지가 외투 주머니에서 스크랩하려고 오려낸 듯한 신문지 한 조각을 꺼내 팽이에게 건넸다.

 "어제 아빠 방 청소하다 발견한 거야. 아무래도 오빠에게 보여 줘야 할 거 같아 몰래 가져왔으니 얼른 읽어 봐."

 멍이가 사는 갯마을에 대한 기사였다. 내용은 간단했다. 허락도 없이 방파제를 쌓겠다고 돌을 나르는 멍이는 주민을 현혹시키는 사상이 불량한 범죄자였다. 기사는 멍이를 그대로 놔두면 안 되는 제거 대상으로 낙인 찍었다. 이유는 없었다. 아니, 자기들 눈에 거슬린다는 게 숨겨진 이유였을 것이다. 신문의 뒷면에는 연필로 끄적거렸던 흔적이 흐릿하게 남아 있었다.

 〈반복되지 말아야 할 그해 유월의 일들이 다시 벌어지고 있다. 나는 어떻게 해야 하나? 그리고 아지는???〉

 불길하던 예감이 뚜렷해졌다. 홀로 어린 아지를 품에 안고 개똥바탕으로 돌아와야 했던 이장의 버릴 수 없는 과거가 안개 속에 숨겨진 허황된 소문이 아닌 현실이었던 것이다.

 "오빠, 다 보았으면 그만 줘. 없어진 걸 아시기 전에 못 본 척 도로 갖다 놔야 해."

 신문조각을 돌려받아 외투 주머니에 챙기는 아지의 손이 가늘게 떨렸다. 돌아서는 뒷모습이 어제 보았던 이장의 뒷모습과 너무도 흡사하다. 아무 잘못도 없이 개똥바탕에 산다는 이유만으로 생기를 잃어가는 아지가 안쓰럽다. 왜 그래야 하나. 뜨거운 감정이 복받쳤다.

"그간 잘 지냈지? 안 들어오고 여기서 뭐 해?"

귀에 익은 목소리에 정신이 번쩍 들어 반사적으로 돌아보았다. 지난해 봄, 가뭄이 극심해 농사가 어려워지자 바깥 세상으로 나가 편히 살겠다며 개똥바탕을 떠났던 동구가 옆으로 다가왔다.

"어, 이게 누구야! 언제 돌아왔어?"

팽이는 반가움에 손부터 내밀었다. 팽이의 손을 못 본 체 고개를 돌려 아지를 힐끗거리는 동구의 눈빛이 이상하다. 개똥바탕에서 함께 뒹굴던 쇠똥구리의 눈빛이 아니다. 입가에 감도는 느끼한 미소가 왠지 모르게 꺼림칙하다.

"며칠 됐어. 그간 별일 없었지?"

건성으로 대꾸하는 동구에게서 더 이상 불알친구의 구수한 쇠똥 냄새는 맡을 수 없었다. 오히려 지난가을 별안간 들이닥쳐 행패를 부리던 놈들의 입냄새와 비슷한 퀴퀴한 악취가 진동했다.

"그건 그렇고, 내년엔 내가 이장을 맡아 보려고 하는데, 너는 어떻게 생각해?"

스스로 이장이 되겠다는 말을 당연시 내뱉는 말투가 오만하기 짝이 없다. 주위의 눈을 무시하는 행태도 놀랍다. 음식을 장만하는 아낙들 사이에 끼어들어 거드럭거리는 꼬락서니가 마치 한 해를 마무리하며 주민을 대접하는 대동회의 주인 같다. 모르는 체 한발 물러섰지만 씁

쓸한 뒷맛이 그대로 남았다.

새로 이장을 선출할 시간이 다가오자 회관 안은 후끈 달아올랐다. 주민들의 의견은 극명하게 둘로 나뉘었다. 개통바탕이 싫다고 떠났다 돌아온 지 얼마 안 되는 동구에게 맡기기보다는 작금의 이장을 더 유임시키자는 주장과, 그래도 바깥 세상에서 보고 들은 게 많은 동구로 바꿔 보자는 의견이 팽팽히 맞섰다. 막걸리 잔이 오가며 거나하게 취기가 오르자 여기저기서 고성도 터져 나왔다. 나이 지긋한 마을 어른들이 의견을 모아 한 명을 추천하고, 반대하는 이가 없으면 박수로 화답하여 선거를 대신하던 전통은 사라졌다.

막걸리 주전자를 들고 주민들 사이를 휘젓고 다니는 동구를 주시하던 이장이 일어나 큰 소리로 외쳤다.

"여러분, 잠깐 조용히 하고 제 말 좀 들어 주십시오."

잠시 웅성거림이 가라앉기를 기다린 이장이 전체 주민을 향하여 의견을 타진했다.

"제가 이 년 동안이나 이장을 보았지만 마을을 위해 한 일이 별로 없어 항상 여러분께 죄송했습니다. 마침 동구가 직접 맡아 보겠다고 나섰으니 이참에 젊은이로 바꿔보는 게 좋을 듯합니다. 동구의 소견을 들어 보고 특별한 반대가 없으면 한번 맡겨 보는 게 좋을 거 같습니다."

어디선가 허어 참, 하는 나지막한 탄식이 흘러나왔지만 회관 가득한 소란에 묻혀 아무에게도 들리지 않았다. 선거는 없었다. 양보와 체념에 익숙한 개통바탕의 비루한 정서상 반대 의견은 꺼내지도 못하고 사그라들었다. 주민이 둘로 갈라져 선거를 치르는 분란을 막았다는 안도

감이 먼저였다.

 동구가 이장을 맡은 뒤 조용하던 개똥바탕에 하루가 멀다 하고 외지 놈들이 들락거렸다. 여기저기 끼리끼리 몰려다니는 패거리도 생겼다. 그만큼 소란스러운 날들이 늘어났다. 봄이 되기 전에 뭔가 큰 일을 벌일 거란 소문이 파다하게 돌았다. 그 중심에는 항상 동구와 봉화산에서 내려온 놈들이 끼어 있었다.

 소한 추위가 기승을 부리던 날, 기어코 우려하던 일이 터졌다.

 동구가 갑자기 예정에 없는 마을 회의를 소집한 것이다. 마을 중심의 느티나무가 거추장스러우니 잘라내고 그 자리에 현대식 정자를 짓겠다고 일방적으로 통보하는 자리였다. 주민을 하나로 뭉치게 만드는 정신적 지주이며 수호신으로 섬기는 당산나무를 베겠다니 온 마을이 발칵 뒤집혔다. "아니, 조상 대대로 신령스럽게 섬기는 멀쩡한 당산나무를 왜 자르겠다고 저 난리야." "도대체 봉화산 놈들과 무슨 작당을 한 건지. 에이 망할 놈 같으니." 여기저기서 불만이 봇물처럼 쏟아졌.

 그러나 주민들이 아무리 반대해도 동구는 뭘 믿는지 꿈적도 하지 않았다. 이미 결정된 일이라며 아예 무시해 버렸다. 누구 맘대로 결정했냐고 따지면 봉화산 놈들을 등에 업고 위세를 부리는데, 그게 누구든, 나이도 친분도 소용없었다. 팽이 역시 설득도 해 보고, 싸우기도 해 봤지만 동구는 아예 귀를 닫았다. 어린 시절의 우정이 깨끗이 지워진 동구에게 팽이는 자기 앞길을 가로막는 거추장스러운 방해물에 불과했다. 끈질기게 반대하는 팽이가 부담스러우면 서슴없이 봉화산 패거리를 끌어들여 위력을 행사했다.

주민들은 동구와 봉화산 패거리의 위세에 눌려 집 안으로 숨어들었다. 하지만 팽이는 달랐다. 거들어 주는 이 하나 없는 외로운 싸움이지만 어떤 으름장에도 뜻을 굽히지 않았다. 바람 불고 물결치는 대로 이리저리 떠밀려도, 타고난 운명이 그러려니 하며 포기한 채 눈감고 지내던 과거의 팽이가 아니었다. 꽃을 보고도 미리 주눅 들어 가리산지리산 갈피를 잡지 못하는 나비처럼 살지 않겠다고 다짐하고 또 다짐하며 버텼다.

당산나무를 자르는 문제로 한바탕 소란이 지나간 후, 개똥바탕은 강요당한 침묵에 휩싸였다. 팽이의 외침은 다수의 침묵에 묻힌 공허한 메아리였다. 밤이면 봉화산에서 울리는 부엉이 소리만 어슬렁거리는 어둠의 벌판으로 전락했다.

내일이면 동구가 당산나무를 베겠다고 공표한 날이다. 싸움이 벌어져도 크게 벌어져야 할 판인데 너무 조용하다. 베겠다는 쪽이나, 막겠다는 쪽이나, 모두 집 안에 들어앉았다.

"오빠, 뭐 해?"

그동안 밀어왔던 일, 겨울바람에 덜렁거리는 우편함을 손보는 팽이에게 아지가 다가왔다. 한 손엔 조그만 가방이 들렸다.

"어, 왔어? 편지함이 너무 낡아서 고쳐 달려고. 근데 어디 가?"

"오빠, 정말 아무 일 없는 거지?"

아지는 대답 대신 팽이에게 되물었다. 빤히 바라보는 아지의 눈망울엔 근심이 가득하다. 아마도 어린 시절 아빠의 손에 이끌려 쫓기듯 개똥바탕으로 숨어든 아픈 기억이 아지에게 내일을 암시하였는지 모른다.

"오빠, 난 너무 무서워. 오지도 않는 편지를 기다리며 갑자기 우편함을 고치는 오빠도, 개똥바탕에 갯마을이 겹쳐 보인다며 당분간 외갓집에 가 있으라고 부랴부랴 쫓아내는 아빠도, 불붙은 화약을 옷깃에 숨긴 것처럼 불안해 보여."

팽이는 아무 말 없이 아지의 손에 들린 가방을 잡아당겼다.

"이리 줘. 버스 정류장까지 데려다줄게."

아지를 바라보는 팽이의 시선은 담담하고 침착했다. 아지는 잠시 머뭇거리다 팽이에게 가방을 넘겨주고 마지못해 팽이를 따라나섰다. 네가 상상하는 그런 일은 없을 것이니 걱정 말라는 한마디를 못 해 주고 앞장서는 발걸음이 한없이 무겁다.

마을회관 앞을 지나다 창가에 어른거리는 그림자와 마주쳤다. 동구였다. 마을 어귀로 발길을 옮기는 둘을 노려보는 눈빛에 살기가 번뜩인다.

털털거리는 버스가 아지를 태우고 떠났다. 팽이는 긴 한숨으로 배웅했다. 멀어지는 버스 꽁무니에 회오리 치는 눈먼지에 아지의 미래와 개똥바탕의 내일이 뒤섞여 뿌옇게 앞을 가렸다. 팽이는 버스가 산 굽이를 돌아 사라질 때까지 눈을 떼지 못했다. 오늘따라 겨울답지 않게 무심한 햇살이 따사롭다. 양지바른 둔덕에는 눈이 녹아 군데군데 맨땅도 드러났다.

돌아오는 길에 달배에게 들러 잠깐 집으로 와 달라는 부탁을 남겼다. 이유는 말하지 않았다. 아무리 허물없는 사이지만 말하는 팽이도 듣는 달배도 마음이 무겁기는 마찬가지였다.

해질 녘에 달배가 찾아왔다. 안마당으로 들어서는 달배에게 다짜고짜 마대자루 하나를 안겼다.

"이게 뭐야?"

자루를 받아 드는 달배의 손이 적잖이 떨렸다.

"그동안 모아 둔 솔방울이야. 오늘 봉화산으로 통하는 길목에 심을 건데 땅이 얼어서 혼자는 힘드니 니가 좀 도와줘."

단단한 어조가 부탁이 아니라 명령에 가깝다. 달배는 거부하지 않았다. 자루를 받아 어깨에 둘러메고 삽과 곡괭이를 챙겨 집을 나서는 팽이의 뒤를 따랐다. 봉화산을 향해 개똥바탕을 건너는 둘의 그림자가 싸늘한 눈밭에 길게 늘어졌다.

이른 새벽, 팽이는 서둘러 막걸리가 가득 담긴 주전자를 들고 집을 나섰다. 밤새 울어 대는 문풍지의 떨림이 당산나무에 공명되어 한숨도 눈을 붙이지 못했지만 정신만은 쾌청한 하늘처럼 산뜻하다. 희끄무레 동트는 먼 발치 당산나무 아래 동구 밖을 향해 앉아 있는 그림자가 보였다. 이장이다. 겨우내 당산나무 주위에 쌓여 얼어붙은 눈 더미는 깨끗하게 치워졌다. 팽이는 가져온 막걸리를 당산나무 둥치에 통째로 부어 주고 이장 옆에 다가앉았다.

"아지는 버스 태워 잘 보냈으니 걱정 마세요."

"자네도 같이 갔으면 좋았을걸…"

"그럼 평생 오늘을 후회하고 부끄러워하며 살아야 하잖아요."

이장은 말없이 고개를 끄덕였다.

날이 밝자 나이 지긋한 주민 서넛이 당산나무 근처로 모여들었다.

여남은 발짝 거리를 둔 채 서성이며 다가서지도 돌아가지도 못하고 서로 눈치만 살피는 굳은 얼굴엔 밤샌 고민의 흔적과 두려운 기색이 그대로 얼룩졌다.

승용차 한 대가 마을로 들어와 회관 앞에 멈췄다. 마을회관 안에서 내다보던 동구가 달려 나왔다. 차 안에서는 아무런 기척이 없다. 검은 유리에 가려 어떤 놈이 타고 있는지, 몇 놈이나 되는지, 하나도 보이지 않는다. 당산나무 아래 버티고 앉아 있는 이장과 팽이를 힐끗거리며 다가선 동구와 차창 너머로 몇 마디 나누고는 차를 돌려 마을을 떠났다. 허리 숙여 배웅을 마친 동구가 당산나무를 향해 돌아섰다.

"지금 뭐 하시는 겁니까? 이런다고 달라질 거 하나도 없으니 그만 집으로 돌아가세요."

무슨 언질을 받았는지 말투가 사뭇 거칠다. 분기를 이기지 못해 주먹을 불끈 쥐고 일어서려는 팽이를 이장이 붙잡았다. 동구도 멈칫 한 걸음 물러섰다. 팽팽한 긴장감이 당산나무 주위를 휘감았다.

잠시 찾아든 적막을 깨트리며 트럭 한 대가 마을 입구로 들어섰다. 트럭에는 산에서 데려온 건장한 놈들로 가득하다. 놈들의 손에는 톱 대신 곡괭이 자루를 닮은 몽둥이가 들렸다. 트럭을 확인한 동구의 입가에 싸늘한 미소가 번졌다. 이장이 돌아서려는 동구를 불러 세웠다.

"오늘 당산나무만 자르면 모든 게 자네 뜻대로 될 거라 생각하겠지만, 그건 자네 욕심이 부른 착각이야. 오늘은 끝이 아니라 시작일 뿐이란 걸 명심해. 당장은 당산나무가 베어지겠지만, 내일이면 개똥바탕 여기저기서 더 많은 당산나무들이 움트고 더 크게 자라나는 걸 보게 될 거야."

 분위기와 달리 목소리는 조용하고 차분했다. 동구는 대꾸 없이 돌아섰다.

 봄을 부르는 햇살이 스며드는 당산나무, 남쪽을 향해 웃자란 굵은 가지 끝에 매달린 한 조각 흰 구름이 갯마을 앞 방파제에 부딪쳐 부서지는 파도의 포말처럼 하얗게 반짝인다.

바다로 간 산비둘기

"다음은 산불 소식입니다. 강기후 기자가 현장에 나가 있습니다. 강기후 기자, 아직도 산불이 계속 번지고 있다면서요?"

"네, 그렇습니다. 산불이 발생한 지 일주일이 지났지만 극심한 가뭄과 때 이른 폭염으로 인하여 불길이 쉽게 잡히지 않고 있습니다. 산불 진화 대원과 주민들이 주불을 잡기 위하여 필사적으로 노력하고 있지만, 불길은 산맥을 넘어오는 건조하고 강한 바람을 타고 걷잡을 수 없이 번지고 있습니다. 제 뒤로 보시는 것과 같이 거세게 타오르는 불길이 마을 바로 뒤까지 다가와 인근 주택가를 위협하는 급박한 상황입니다. 재난 당국에선 주변 마을에 대하여 비상 대피령을 내리고 주민들을 인근 학교와 체육관 등 안전한 곳으로 긴급히 대피시키고 있습니다."

"아주 심각한 상황이군요."

"그렇습니다. 제가 조금 전 헬기를 타고 하늘에서 내려다본 백두대간은 화마에 휩싸여 그야말로 지옥을 방불케 하는 불바다였습니다. 함께 보시겠습니다."

고막을 파고드는 생소한 기계음에 선잠에서 깨어났다.
자장가처럼 들려오던 낭랑한 산새들의 노래는 들리지 않고 귀에 거슬리는 소음이 숲을 가득 메웠다. 호기심과 두려움이 함께 밀려든다. 무슨 일이 벌어지고 있는지 궁금하다. 둥지 밖으로 고개를 내밀었지만 우거진 나뭇잎이 시야를 가려 아무것도 보이지 않는다. 호기심을 참지 못하고 둥지를 나와 시야가 탁 트인 높은 가지로 날아올랐다.

처음 대하는 광경에 눈이 휘둥그레졌다. 건너 보이는 안산마루는 검은 연기로 뒤덮여 형체조차 분간하기 어렵고 마을로 들어서는 도로는 경광등을 번쩍이는 소방차들로 가득하다. 고함을 지르며 뛰어다니는 사람들로 주변이 어수선한 것만으로도 눈이 어지러운데, 숲 위를 날아다니며 물을 뿌려 대는 헬리콥터의 굉음이 뒤섞여 도무지 정신을 차릴 수가 없다. 뭔지 모르지만 심상치 않은 일이 벌어지고 있다는 불안감에 호흡이 가빠졌다.

"산들아! 이리 올라와."

눈앞의 요란한 광경에 정신이 팔려 미처 발견하지 못한 부엉이 할아버지가 바로 옆 고목나무의 높은 가지에 올라앉아 산들이를 불렀다.

"아, 할아버지, 안녕하세요."

산들이는 콩닥거리는 가슴을 진정시키며 부엉이 옆으로 다가갔다.

"너도 놀라서 나왔나 보구나."

"네, 할아버지, 그런데 저게 뭐예요?"

산들이가 검은 연기로 뒤덮인 마을 건너 안산을 가리켰다.

"저건 산불이라는 건데, 아주 무서운 놈이란다."

산불을 바라보는 부엉이 눈에 수심이 가득하다. 무서운 놈이라는 말에 산들이가 흠칫 놀라 되물었다.

"정말요? 산불이란 놈이 우리 오빠를 잡아간 들고양이보다 더 무서운 건가요?"

"그럼. 산불은 바람을 타고 다니며 숲과 나무는 물론 사람 사는 집과 살아 있는 동물들까지 닥치는 대로 태워 버리는 잔인한 놈이지. 오죽하면 화마라고 부르겠니."

산들이는 자기를 잡아먹으려고 달려드는 들고양이를 쫓아 버린 용맹한 부엉이 할아버지도 무서워한다는 말에 부르르 몸을 떨었다.

"그럼 빨리 도망가야 되잖아요."

"그래, 아마도 그래야 될 거 같구나. 이쪽으로 불어오는 바람이 점점 거세지는 거 보니 오늘 밤을 무사히 넘기지 못할 것 같아."

부엉이는 대답을 하면서도 연기에 휩싸인 안산에서 눈을 떼지 못했다.

해가 기울자 연기와 뒤섞여 검붉게 회오리 치는 불길이 솟구쳤다. 능선을 넘어오는 스산한 바람엔 메케하고 역겨운 냄새가 실려온다. 산마루를 뒤덮고 먹구름처럼 밀려드는 검붉은 기운이 왠지 모르게 음습하고 흉측하다. 덜컥 겁이 났다. 화마라는 마귀가 당장이라도 달려들어 자기를 통째로 삼켜 버릴 것 같았다. 산들이는 어찌할 바를 모르고 부엉이를 올려봤다.

"나는 가서 안산의 상황 좀 살펴보고 올 테니 너는 둥지로 들어가 있거라. 엄마와 내가 돌아올 때까지 꼼짝 말고 있어야 해. 절대 혼자 둥지를 떠나면 안 돼. 알았지?"

"네, 할아버지. 빨리 돌아오셔야 돼요."

산들이의 다짐을 받고 부엉이는 연기에 휩싸인 마을을 건너 안산으로 날아갔다.
　산들이는 도망치듯 둥지로 돌아와 몸을 숨겼다. 혼자 감당하기 버거운 두려움에 가슴이 벌렁거린다. 가쁜 숨을 내쉬며 잔뜩 웅크린 채 엄마가 돌아오기를 애타게 기다렸다.
　어둑어둑 날이 저물 무렵 엄마가 돌아왔다. 산들이는 떨리는 마음을 진정시키려 엄마 품으로 파고들었다. 산들이를 감싸안는 엄마는 애써 태연한 척하지만, 거칠게 몰아 쉬는 숨소리까지 감출 수는 없었다. 날개 깃 사이로 전해 오는 콩콩콩 가슴 뛰는 소리가 산들이를 더 불안하게 만들었다. 부엉이가 예견한 대로 머지않아 감당하기 어려운 일이 벌어질 것임을 직감했다.
　어둠이 내려앉으니 안산을 뒤덮은 불길이 더 선명하게 드러났다. 솟구치는 검붉은 회오리가 피에 굶주려 날름거리는 들고양이의 혀를 닮았다. 시간이 흐를수록 바람을 등에 업은 불길의 기세가 무섭도록 거세게 몰아친다.
　"아무래도 내일 동이 트면 곧바로 이곳을 떠나야 될 거 같으니 너는 일찍 잠을 자도록 해."
　불길에 휩싸인 안산을 바라보는 엄마의 목소리가 가늘게 떨렸다. 산불은 부엉이 할아버지의 말처럼 정든 둥지까지 버리고 급하게 도망쳐야 할 만큼 무서운 놈이라는 사실을 실감하며 억지로 눈을 감았다. 하지만 바람에 실려오는 메케한 탄내가 목구멍을 따갑게 파고들어 도무지 잠을 이룰 수가 없었다.

별이 반짝여야 할 깊은 밤이지만 나뭇잎 사이로 샐녘에 나타나는 여명이 어른거린다. 숲으로 다가드는 불길의 검은 그림자가 마치 마녀가 걸친 망토에서 흘러나오는 요사한 주술처럼 음산하게 둥지 주변을 휘돈다.

타다닥, 타다닥. 콩깍지 튀는 듯한 소리가 그리 멀지 않은 곳에서 들려왔다. 동이 트기도 전이지만 놀라서 잠자리를 뛰쳐나온 산짐승들의 비명 소리로 평화롭던 숲이 아수라장으로 변했다. 코앞까지 다가온 불길에 내몰려 어찌할 줄 모르고 허둥대는 동물들의 비명 소리가 더 큰 공포를 자아냈다.

"산들아! 이리 와. 우리도 서둘러 여기를 빠져나가야 해."

엄마가 다급히 산들이를 잡아 끌었다. 산들이는 부엉이가 앉아서 숲을 지켜보던 고목나무 가지를 올려다보았다. 부엉이는 아직도 돌아오지 않았다.

"엄마! 어제 저녁 부엉이 할아버지가 저기로 날아가면서 다시 돌아올 때까지 꼼짝 말고 둥지에서 기다리라고 했는데."

"걱정하지 않아도 돼. 부엉이 할아버지는 지혜롭고 용감하신 분이라 아무 일 없을 거야."

말을 마친 엄마는 둥지 밖 나뭇가지로 올라가 주변 동태를 살피며 산들이를 재촉했다.

"어서 와. 우리도 빨리 도망쳐야 돼."

아직 어린 산들이는 둥지에서만 지내다 나뭇가지 사이를 날아다니기 시작한 게 불과 며칠 전이다. 잘 해낼 수 있을까. 두려움이 앞선다.

그러나 다른 선택의 여지가 없다. 이미 뜨거운 열기가 숲을 뒤덮었다. 더 이상 망설일 시간이 없다. 괜한 근심에 시간을 허비하다 둥지까지 불길이 닥치면 달아날 길도 막혀 버린다. 눈앞까지 다가든 위험에 소름이 돋았다.

"무섭고 힘들어도 끝까지 잘 따라와야 해. 절대 엄마를 놓치면 안 돼."

걱정이 가득 담긴 다짐을 남기고 엄마가 날아올랐다. 산들이도 엄마를 따라 둥지를 차고 올랐다. 앞날을 예측할 수 없는 목숨을 건 날갯짓이 시작되었다.

일렁이는 불빛이 나뭇잎에 반사되어 시야가 어지럽다. 이리 부딪치고 저리 긁히며 간신히 나뭇가지 사이를 빠져나왔다. 됐구나 싶었는데 이번엔 바람 타고 흐르는 후끈한 열기가 앞을 막았다. 깃털 속까지 뜨겁게 달아오르고 숨이 막힌다. 그렇다고 돌아갈 수도 없다. 엄마는 벌써 저만큼 앞서간다. 온 힘을 다해 엄마를 따라갔다. 가쁜 숨이 턱까지 차오른다.

산마루를 넘으며 얼핏 발아래를 내려다보았다. 산은 온통 검붉은 불길에 휩싸였다. 화염에 가려져 둥지가 있던 숲은 보이지도 않는다. 무자비한 불길에 이미 재가 되었을지도 모른다. 동물들의 포근했던 안식처가 하룻밤 사이에 악마의 탐욕이 어슬렁거리는 혼돈의 나락으로 침몰한 것이다. 부엉이 할아버지가 화마라고 부른 까닭이 뼈저리게 와닿는다.

시간이 지날수록 날개에 힘이 빠지고 엄마의 꽁지깃은 열기에 휩싸여 아지랑이처럼 가물가물 멀어졌다. 목소리를 높여 불러도 반응이 없다. 사력을 다해 따라잡으려 애쓰지만 모든 게 허사, 화염 때문에 제대로 날 수가 없다. 열풍에 휘날리는 연기와 재, 먼지가 시야를 가려 방향을 가늠하기도 어렵다. 불꽃에서 뿜어져 올라오는 뜨거운 열기는 금방이라도 깃털을 태울 기세다. 화끈한 고통이 폐부를 파고든다. 한 치 앞을 내다볼 수 없는 막막한 날갯짓이지만 목숨이 걸린 문제. 아무리 고달프고 힘에 부쳐도 멈출 수는 없다. 날갯짓을 멈추는 순간, 그동안 키워 온 모든 꿈들이 악마의 불길에 휩쓸려 한 줌 재가 되어 날아간다.

갈수록 상황은 더 나빠졌다. 산마루를 넘으면 화염에서 벗어날 줄 알았는데, 그게 아니었다. 산 너머에는 더 넓은 불바다가 기다리고 있었다. 맥이 탁 풀리고 날개엔 힘이 빠졌다. 정신도 몽롱하다. 산들이는 탈진한 채 비틀거리며 속절없이 화염의 회오리에 휘말렸다. 엄마는 보이지 않고 '구우~구' 하는 슬픈 울음소리만 공허한 메아리로 돌아왔다.

'아~ 이것으로 끝이구나!' 탈진한 산들이가 모든 것을 포기하고 눈을 감으려는 찰나 신선한 바람이 코끝을 스쳤다. 살기 위해 사력을 다하는 본능적인 몸부림과 불길에서 솟아오르는 열풍의 회오리가 상호 작용을 일으켜 산들이를 혼돈의 늪에서 밀어낸 것이다. 후우우. 깊은 숨을 몰아쉬며 마지막 남은 힘을 짜내 날개를 펴고 어렵사리 균형을 잡았다. 엄마를 따라가야 한다는 일념으로 앞으로 나아갔다. 숲이 어찌 되었는지 궁금했지만 뒤돌아볼 기력마저 바닥났다. 희미해지는 의식 속에 불꽃의 열기와 매캐한 연기만이 몽롱한 기억으로 맴돌았다.

화염으로부터 멀어지자 이번엔 칠흑 같은 어둠이 기다리고 있었다. 엄마는 보이지 않는다. 하늘엔 별이 반짝이지만 길잡이가 되기엔 역부족이다. 어디로 가고 있는지, 어디까지 가야 하는지도 모르는 채 무조

건 앞을 향해 날았다. 지칠 대로 지쳐 살아야 한다는 의욕마저 시나브로 사그라들었다. 모든 것을 운에 맡기고 날갯짓을 멈추었다. 안착은 꿈도 꿀 수 없는 힘없는 추락. 흐트러진 동공에 비치는 별들이 지그재그로 찌그러진 원을 그리며 어둠 너머로 사라졌다.

목 타는 갈증이 혼돈의 나락으로 떨어진 정신 줄을 잡아당겼다. 어제 밤의 악몽이 무의식을 헤집고 신기루처럼 어른거린다. 몇번의 심호흡에 서서히 의식이 돌아왔다. 낯선 곳, 나무 하나 보이지 않는 차가운 땅바닥이다. 커다란 검은 바위가 성벽처럼 둘렀고 바닥에는 몽돌이 굴러다닌다. 고개를 드니 어둠 너머로 사라졌던 별들이 한 치 눈앞에서 반짝거린다. 의식은 돌아왔지만 몸을 가눌 힘조차 바닥났다. 살았다는 안도의 희망보다 불안한 미래가 아른거려 저절로 한숨이 나왔다. 좀 쉬면 괜찮아지겠지. 다시 눈을 감았다.

"산들아~"

엄마가 산들이를 불렀다.

"응, 엄마! 어디 갔었어?"

"그만 일어나. 여기서 이러고 있으면 큰일 나."

말을 마친 엄마는 처연한 눈빛으로 산들이를 돌아보며 불타는 화염 속으로 멀어졌다.

"안 돼, 엄마. 가면 안 돼."

산들이가 다급히 소리쳤다. 그러나 애타게 부르짖는 절규마저 화염에 녹아 불꽃으로 타올랐다.

번쩍 눈을 떴다. 꿈, 잠깐 눈 감은 사이에 찾아와 순식간에 영혼을 태워 버린 끔찍한 악몽이다. 그러나 꿈이라 하기엔 몸서리치도록 생생하다. 온몸에 소름이 돋고 숨이 막힌다. 후우우~ 악몽을 떨치려 가쁜 숨을 몰아쉬며 고개를 휘저었다. 혹시나 하는 마음에 두리번거리지만 역시나. 하늘에 반짝이던 별들이 눈물에 녹아 흐릿하게 망울졌다.

얼마나 시간이 흘렀을까. 쏴아아, 쏴아아. 가물거리는 의식 너머에서 물소리가 들려왔다. 그런데 숲에서 들리는 졸졸 흐르는 계곡물 소리가 아니다. 나뭇가지 사이로 지나가는 바람 소리 같기도 하고, 나뭇잎 위로 쏟아져 내리는 소나기 소리 같기도 하다.

귓가에 울리는 물소리가 더 심한 갈증을 불러왔다. 아픔을 참고 억지로 몸을 일으켜 바위에 올랐다. 눈앞이 온통 물이다. 끝도 보이지 않는다. 파랗게 일렁이는 물결을 타고 불어오는 바람에는 비릿한 냄새가 실렸다.

언젠가 부엉이 할아버지가 들려준 이야기가 떠올랐다. 산 너머 땅끝에 다다르면 바다라는 것이 있는데, 그 넓이가 하도 넓어 할아버지도 끝까지 가 보지 못했다고 했다. 그리고 바닷물은 너무 짜서 먹을 수 없으니 혹시 바다에 가더라도 절대 바닷물을 마시지 말라는 경고의 말도 잊지 않았다. 그러나 당장 숨쉬기조차 거북할 정도로 목 타는 갈증이 부엉이의 경고를 무색하게 만들었다.

한 모금 쪼아 마셨다.

"으아아, 퉤퉤."

부엉이의 경고를 가볍게 여긴 대가는 혹독했다. 갈증보다 더 심한 고통이 목구멍을 파고든다. 목줄기를 넘어가는 물 한 방울까지 토해 내도 혓바닥이 오그라드는 고통은 그대로다. 빨리 시원한 물을 찾아 입을 헹구고 목을 축여야 한다. 주위를 살폈다. 다행히 멀지 않은 곳에 나무들이 어우러진 작은 숲이 보였다. 망설일 틈이 없다. 나무가 있으니 샘도 있겠지 하는 막연한 기대를 품고 나무 밑 풀숲으로 날아들었다.

아쉽게도 기대하던 샘은 보이지 않는다. 하지만 덤불 사이에 이슬방울이 조롱조롱 맺힌 풀잎이 지천으로 널렸다. 재빨리 다가가 풀잎에 입을 대고 몇 방울 떨구어 혀를 축였다. 목 타는 갈증을 달래기엔 턱없이 부족해도 풋풋한 풀잎 향에 약간의 생기가 돌았다.

"야, 너 여기서 뭐 해?"

푸드득. 새 한 마리가 산들이 옆으로 내려앉았다. 산들이는 깜짝 놀라 반사적으로 펄쩍 물러났다. 얼핏 보기에 또래의 어린 비둘기다.

"놀라긴, 너 처음 보는 앤데 어디서 왔어?"

녀석의 행동거지가 모호해 대꾸하기가 애매하다. 위협적이거나 적대감이 드러나는 것은 아니지만, 말투가 거칠어 경계심을 거둘 수가 없다. 산들이는 아무 대꾸 없이 한 발짝 거리를 두고 녀석을 지켜보았다.

"에이, 겁쟁이 아가씨야! 겁낼 거 없어. 너 엄청 목마른 거 같은데, 내가 물 있는 곳으로 데려다줄 테니 겁먹지 말고 날 따라와."

녀석은 대답도 듣지 않고 횅하니 덤불숲을 빠져나갔다. 겁쟁이라는 놀림이 자존심을 건드렸을까. 아니면 목 타는 갈증에 경계심이 풀렸을까. 산들이도 자리를 털고 녀석의 뒤를 따랐다.

물은 멀지 않은 곳에 있었다. 널찍한 둥그런 광장 가운데 자리 잡은 커다란 분수대에서 물줄기가 시원하게 솟아올라 때마침 불어오는 바람을 타고 안개비처럼 흩날린다. 첨벙 뛰어들고 싶은 욕망이 들끓지만 주변이 너무 소란스럽다. 숲과는 전혀 다른 딴 세상. 넓은 광장은 수많은 사람들로 북적이고, 커다란 배들로 꽉 들어찬 부두에는 갈매기 떼가 어지럽게 날아다닌다.

주변을 살피며 머뭇거리는 산들이와 달리 녀석은 스스럼없이 분수대로 다가갔다.

"괜찮아. 아무도 널 해치지 않으니 걱정 말고 들어가 봐."

녀석은 낯선 환경에 쉽사리 적응하지 못하고 망설이는 산들이를 어린아이 다루듯 분수대로 안으로 밀어 넣었다.

"몸에서 탄내 나니까 물 마시고 나면 깃털도 깨끗이 씻어내."

녀석의 성화에 등 떠밀려 분수대 안으로 들어섰다. 시원하다. 물 한 모금에 갈증도 해소됐다. 내친 김에 녀석의 말대로 깃에 물을 적시고 날개를 펼쳐 힘껏 펄럭였다. 온몸에 붙어 있던 재와 먼지가 물방울에 묻어 사방으로 튕겼다. 짜릿한 통증이 피부를 파고든다. 어젯밤 불길을 지나며 피부에 약간의 화상을 입은 것 같다. 그렇다고 고통이 심하거나 움직이기 불편할 정도는 아니다. 한결 가벼워진 몸과 마음으로 물에서 나와 녀석에게 고마움을 표했다.

"고마워!"

녀석이 깜짝 놀라는 시늉을 하며 호들갑을 떨었다.

"어? 말할 줄 아네! 벙어린 줄 알았는데. 옛말에 어른 말 잘 들으면 자다가도 떡이 생긴다고 했잖아. 그니까 너도 이 오빠가 시키는 대로만 하면 떡이 한 보따리는 생길 테니 내 말 잘 들어. 알았지?"

산들이는 딱히 대꾸할 말이 떠오르지 않아 콧방귀로 대신했다. 녀석의 농기 어린 너스레에 잔뜩 움츠러든 마음이 조금씩 풀리기 시작했다.

해가 중천으로 떠오르며 광장은 점점 더 많은 사람들로 채워졌다. 분수대 옆 놀이터에서 뛰놀며 깔깔대는 아이들, 바닷가로 다가가 낭만을 즐기는 젊은이들, 낚싯대를 메고 바다로 향하는 태공들, 돗자리를 펴 놓고 끼리끼리 모여 여유를 즐기는 아저씨 아줌마들, 일부는 아예 텐트를 치고 자리를 잡았다. 모두가 즐겁고 활기차다. 이른 봄 동면에서 깨어나 생명들로 꿈틀거리는 숲처럼 생기가 넘친다. 이들에게 산들이가 겪은 어제의 산불은 자기들과는 상관없는 남의 일에 불과했다.

"너 배고프지? 빨리 날 따라와."

녀석이 멍한 시선으로 광장을 둘러보는 산들이를 잡아당겼다. 산들이는 이유도 모른 채 녀석에게 끌려갔다. 녀석이 본 것은 바닷가에 설치된 그늘막으로 들어서는 뚱뚱한 아주머니 손에 들린 노란 봉투였다. 쪼르르 달려오는 녀석을 본 아주머니가 봉투에서 뻥튀기를 한 움큼 꺼내서 뿌려 주었다. 녀석은 예상이라도 한 듯 낼름낼름 잘도 받아먹는다. 산들이도 한 알 쪼아 먹었다. 맛이 좀 이상해도 어쩔 수 없었다. 콩이나 옥수수라면 좋겠지만 들이나 숲과 달리 풀 한 포기 자라지 않는, 콘크리트로 뒤덮인 광장에서 허기진 배를 채울 수 있는 유일한 길이라는 것을 본능적으로 알아챘다.

맛을 탓할 만한 여유도 없었다. 몇 알 쪼아 먹기도 전에 다른 비둘기들이 떼 지어 모여들었다. 주변은 순식간에 아수라장으로 변했다. 전쟁터 같은 소란에 산들이는 한걸음 밀려났다. 아직 배가 고파 몇 알 더 주워 먹고 싶어도 물러서지 않으면 오히려 물고 있는 것마저 빼앗길 것 같았다. 이곳만 그런 것이 아니다. 바닷가도 아수라장이기는 마찬가지. 하늘에선 갈매기들이 사람들이 던져 주는 과자를 낚아채느라 어지럽게 날아다니고, 땅에선 바닥에 떨어진 부스러기를 먼저 먹겠다고 뒤엉켜 물고 뜯는다. 숲과 들을 날아다니다 먹이를 발견하면 이웃을 불러 나눠 먹는 어미새들을 보고 자란 산들이로서는 받아들이기 어려운 현실이다.

뚜우, 뚜우, 뚜우. 뱃고동이 울렸다. 해안가에서 복작거리던 갈매기들이 일제히 날아올라 기적을 울리는 배를 향해 몰려갔다. 마치 잘 훈련된 병사들 같다.

'도대체 무슨 일이지? 왜, 갑자기 저기로 몰려가지?' 영문을 모르는 산들이는 배를 향해 날아가는 갈매기들을 멀뚱히 바라보았다.

"뭘 그렇게 멍하니 쳐다봐?"

녀석이 다가와 산들이의 어깨를 툭 쳤다. 충분히 배를 채웠는지 모이주머니가 두둑하다.

"갈매기들이 갑자기 왜 저기로 몰려가는 거야?"

"왜는 왜야, 새우깡 얻어먹으러 가는 거지. 저긴 우리가 끼어들 자리가 아니니까 관심 끊어."

녀석은 이유를 말해 주는 대신 핀잔을 늘어놓았다.

"그래, 너 잘났다. 뭔 일인지 말해 주면 어디 덧나냐?"

이번엔 산들이도 지지 않고 불만 섞인 대거리로 맞섰다.

"어쭈, 적응력이 대단하네. 내일이면 이 오라버님하고 친구 하자고

덤비겠는데."

"오래비는 무슨."

산들이가 실소를 흘리며 살짝 눈을 흘겼다.

"그럼 애인 할까?"

"우웩."

고개를 쭉 내밀고 토하는 시늉은 했지만 스스럼없이 받아넘기는 녀석의 농담이 왠지 모르게 싫지가 않다.

"어? 쟤가 왜 저기 있지."

녀석이 무리를 따라가지 않고 바닷가에 남아 서성이는 어린 갈매기를 가리켰다.

"아는 애야?"

"응. 저쪽 바다 건너 바위섬에서 살다 낚싯줄에 걸려 떠내려온 앤데, 다리를 심하게 다쳤거든. 절룩거리는 게 아직도 움직이기 힘든 모양이니 우리가 가서 도와주자."

"잠깐만."

문득 떠오른 생각에 산들이가 녀석을 불러 세웠다.

"엄마가 집으로 돌아와 날 기다릴지도 모르니 난 산에 먼저 가 보는 게 좋을 거 같아."

"그래! 아직도 연기가 올라오는 걸 보면 아직 불이 덜 꺼져 위험할 거 같은데, 혼자 가기 싫으면 같이 갔다 올까?"

녀석의 말에는 진심 어린 걱정과 애틋한 아쉬움이 묻어나왔다.

"아니, 괜찮아. 혼자 가는 게 좋을 거 같아."

불타 버린 숲을 보고 어젯밤의 참혹했던 순간들을 떠올리며 눈물 흘리는 자신의 나약함을 내보이기 싫어 동행을 거절했다.

모든 게 바뀌었다. 온통 잿빛이다. 초록의 숲은 어디 한 곳 남아나지 않았다. 모락모락 피어나는 연기와 여기저기 나뒹구는 짐승들의 사체가 산불이 할퀴고 간 고통으로 다가왔다. 생명의 온기는 어디에서도 찾을 수 없는, 그야말로 죽음의 그림자만 짙게 드리운 폐허가 되었다.

숲은 물론 사람들이 살던 마을도 산불의 심술을 피하지 못했다. 시커멓게 타 버린 건물들의 흉물스러운 잔해에선 아직도 검붉은 불꽃이 간헐적으로 일렁이고, 그때마다 검은 연기가 주위로 넘쳐흐른다. 주민들은 마을 공터에 모여 그 처참한 광경을 지켜보며 한숨만 쉬고 있었다. 산불이 화마라고 불리는 이유를 증명하고 지나간 흔적들이다.

지친 몸으로 너무 오래 날았다. 힘이 바닥나기 전에 쉴 곳을 찾아야 한다. 어렵사리 부엉이 할아버지가 올라앉아 숲을 내려다보던 고목나무를 발견했다. 동물들이 모여 살던 푸른 숲을 기억하는 유일한 나무. 그러나 지금은 날개를 접고 쉴 만한 자리가 아니다. 가지는 모두 불타 없어지고 굵은 둥치엔 아직도 불씨가 살아남아 바람이 지날 때마다 반짝이는 불티가 사방으로 날렸다.

모든 걸 포기하고 돌아섰다. 희망이 보이지 않으니 힘들다는 육체적 고통도 잊어버렸다. 되는 대로 휘젓는 날갯짓은 희망을 잃고 힘없이 펄럭였다. 멍한 정신으로 안산 구릉 위를 지나다 인기척을 느끼고 발밑을 내려다보았다. 검게 그을은 누렁이 곁에 주저앉아 맥없이 하늘을 쳐다보는 늙은 촌부와 눈이 마주쳤다. 넋을 잃은 표정엔 원망이 가득하다. 차마 마주 보지 못하고 고개를 돌렸다. 푸른 하늘을 회색으로 물들이는 산 너머 공장 굴뚝의 검은 연기가 두 눈을 가득 채웠다.

이제는 산과, 들과, 숲은 잊고 살아야 한다.

바닷가로 돌아오니 광장 끝 나지막한 계단 머리에 우두커니 앉아 있는 녀석이 보였다. 산들이는 녀석 옆에 힘없이 내려앉았다.

"어~ 왔어! 엄마는…"

눈치 빠른 녀석이 말끝을 흐렸다.

"아니, 없어. 모두 불타 버리고 아무것도 남지 않았어."

목이 메이고 눈에는 눈물이 글썽였다. 괜스레 머쓱해진 녀석은 산들이 눈을 피해 허공을 바라보며 깊은 한숨을 내쉬었다. 자기 때문에 녀석까지 불편해진 것 같아 마음이 쓰인다. 눅눅한 분위기를 벗어나기 위해 화제를 돌렸다.

"참, 그 애는 어디로 갔어?"

"응, 여긴 너무 복잡해서 견디기 힘들대. 그래서 자기가 살던 바위섬으로 돌아간다고 조금 전에 떠났어."

녀석이 바다를 바라보며 말했다. 붉게 물드는 노을 아래 반짝이는 수평선을 향해 날아가는 갈매기 한 마리가 보인다. 고향을 찾아가는 갈매기의 힘찬 날갯짓에 자신의 암울한 처지가 투사되어 서글픔이 밀려왔다. 너는 갈 곳이 있어 좋겠구나. 부러운 감정을 속으로 삭이며 고개를 돌렸다. 멀리 보이는 산봉우리에선 아직도 하얀 연기가 모락모락 피어오르고, 광장 너머 굴뚝에선 그칠 줄 모르는 검은 연기가 뿜어져 나온다.

"얘들아. 이리 와 이거 먹어."

아이 하나가 뛰어와 과자 부스러기를 바닥에 뿌리며 소리쳤다. 광장 주위를 맴돌던 비둘기들이 우르르 모여들었다. 산들이도 망설임 없이 과자 부스러기를 쫓아가는 무리 속으로 뛰어들었다.

"오늘의 뉴스는 산불 소식으로 시작하겠습니다. 다행히 큰 불은 잡혔다는 반가운 소식입니다. 강기후 기자, 일단 주불은 진화되었다면서요?"

"네, 그렇습니다. 오늘 새벽부터 바람이 약해지면서 불길이 잡히기 시작했고, 오후 들어 주불이 진화되어 지금은 잔불 정리를 하고 있습니다. 그러나 곳곳에 불씨가 남아 바람이 불면 언제라도 다시 불길이 번질 수 있는 상황이라 위험에서 완전히 벗어났다고 하기에는 아직 이릅니다."

"소방 당국에선 막심한 피해를 입힌 이번 산불의 원인을 어떻게 분석하고 있습니까?"

"네, 아직 피해 규모는 정확히 집계되지는 않았지만, 이번 산불은 사상 초유의 재앙에 가깝다고 할 수 있습니다. 지구 온난화로 인한 극심한 가뭄과 이상고온 그리고 강한 바람까지 겹쳐져 피해를 더 키웠습니다. 전문가들은 온난화가 멈추지 않는다면 이런 재앙은 더 자주, 더 심하게, 더 넓은 지역에서 발생할 것이라고 경고하고 있습니다."

"네, 잘 알겠습니다. 강기후 기자, 수고하셨습니다. 다음은 폭우로 물바다가 된 지구 반대편으로 가 보겠습니다."

갈매기의 첫 비행

 여름을 재촉하는 햇살이 따갑게 달아올랐다.
 몸집이 커진 새끼 갈매기들이 둥지를 차고 나와 이리 뛰고 저리 날며 장난치느라 시끌벅적, 커다란 바위섬이 들썩인다. 호기심으로 가득 찬 어린 갈매기에게 주변에서 들려오는 요란한 소동은 뿌리치기 힘든 유혹. 루키도 본능에 이끌려 둥지 옆 바위로 폴짝 뛰어올랐다. 햇볕에 한껏 달궈진 뜨거운 열기가 따끔하게 발바닥을 파고든다. 화들짝 놀라 두 발을 동동 구르며 날개를 퍼덕였다. 덕분에 깃털 사이에 붙어 있던 눅눅한 솜털이 떨어져 바람에 흩날린다. 개운하다. 시원한 물에 목욕을 마치고 산뜻한 새 옷으로 갈아입은 기분이다.
 "야아~ 드디어 꼬맹이도 나왔네."
 바로 옆 둥지에서 태어나 마주보고 자란 녀석이 루키를 발견하고 쪼르르 달려왔다.
 루키는 남들보다 늦게 알을 깨고 나왔다. 당연히 덩치도 작았다. 어미들이 먹이를 구하러 떠나고 둘만 남으면 지루해진 녀석이 루키에게 다가와 꼬맹이라 놀리며 장난을 걸었다. 처음엔 덩치 큰 녀석이 부담스러워 대꾸도 안 하고 웅크리고 지냈다. 시간이 지나며 덩치도 비등해지고 힘이 차오른 루키가 물러섬 없이 대거리하고 투닥거리며 정이

든 친구다.

"쟤들 저기서 뭐하는 거야?"

루키는 새끼 갈매기들이 모여 법석을 떠는 곳을 가리켰다.

"글쎄, 뭔지 모르지만 재미있는 장난감이 생긴 거 같으니 우리도 얼른 가 보자."

녀석을 따라가긴 했지만 여러 마리가 한데 뒤엉켜 소란을 떠는 통에 선뜻 어울리기가 부담스럽다. 약간 거리를 두고 살펴보니 먹음직스러운 새우가 그려진 비닐 봉투를 두고 서로 차지하려고 물고 뜯는다.

노는 건지, 싸우는 건지, 서로 뒤엉켜 부대끼느라 정신이 없다. 녀석은 망설임 없이 놀이에 끼어들었다. 옆에서 보고만 있으려니 몸이 근질거린다. 슬그머니 웅심이 솟았다. 에라 모르겠다. 루키도 난장판 속으로 뛰어들었다. 이리 뒹굴고 저리 부딪히며 한참을 같이 어울렸다.

노는 데 정신 팔린 사이 아차 하는 순간 반전이 일어났다. 덩치 큰 한 녀석이 잽싸게 봉투를 낚아채 날아오른 것이다. 다른 녀석들은 힘이 빠져 쫓아갈 엄두를 내지 못하고 멍하니 바라볼 뿐이다. 처음으로 둥지를 나와 친구들과 어울린 루키도 힘이 바닥나 그 자리에 주저앉아 한참 동안 숨을 고르고 나서야 정신이 돌아왔다. 봉투를 물고 간 녀석은 아무도 따라오지 않자 흥미를 잃었는지 물고 간 봉투를 팽개치고 자기 둥지로 돌아갔다. 친구들과 노는 데 재미가 붙은 루키에겐 아직 미련이 남았지만 바다로 나갔던 엄마가 돌아올 시간, 아쉬움을 달래며 돌아섰다.

둥지로 돌아와 엄마를 기다렸다. 하늘을 가득 메운 어미 갈매기들이 먹이를 물고 한꺼번에 바위섬으로 돌아왔다. 루키도 엄마 입에 물린 먹이를 보고 얼른 고개를 치켜들었다. 하지만 엄마는 둥지로 날아들지 않았다. 평소와 다르게 조금 떨어진 바위에 내려앉아 루키를 불렀다. 더 이상 다가올 생각이 없는 것 같다. 처음 겪는 일이다. 당황한 루키가 목을 길게 늘이고 입을 크게 벌려 빨리 먹이를 달라고 재촉했다.

그러나 엄마는 그 자리에서 꿈쩍도 하지 않았다. 오히려 잡아온 먹이를 흔들어 보이며 직접 다가오라고 채근한다. 아무리 떼를 써도 소용이 없었다. 한참 동안 실랑이를 벌이다 하는 수 없이 루키가 다가가 먹이를 받아먹었다.

루키만 그런 것이 아니다. 다른 어미들도 일부러 새끼가 있는 곳에서 멀찍이 내려앉아 잡아 온 물고기를 흔들어 보이며 새끼들을 유혹했다. 새끼들이 목을 늘이며 애원해도 어미들은 모르는 체 거리를 유지한 채 새끼들이 다가오기를 기다렸다.

둥지와 먹이 사이의 거리는 점점 멀어졌다. 때로는 다가가면 다가간 만큼 뒤로 물러나기를 반복하다 새끼들이 지치고 나서야 마지못해 먹이를 물려 주었다. 먹이의 질도 달라졌다. 어릴 때처럼 삼키기 좋게 다듬어 입에 물려 주기는 고사하고 비늘도 떼지 않은 물고기를 산 채로 넘겨주면 그만이다. 그리곤 훌쩍 날아가 기약 없는 시간을 또 기다리게 만들었다.

어미를 기다리는 시간이 길어지는 만큼 어미 품을 떠나야 할 시간이 가까워진다는 사실을 본능적으로 감지했다. 이제는 스스로 날아올라야 살아남는다는 자연의 섭리에 이끌려 둥지를 떠나 바위산으로 올라

가는 친구들이 생겨났다.

　친구들이 떠난 둥지 주변엔 벗어 던진 솜털뭉치들만 바람에 굴러다닌다. 루키도 하는 수 없이 둥지를 버리고 바위산에 올랐다. 정상에 오르니 바위산에 가려 보이지 않던 자유가 모습을 드러냈다. 바다를 건너오는 시원한 바람이 깃털 속까지 파고든다. 바람에 실려오는 바다 내음이 향긋하다. 눈앞에서 파랗게 물결치는 바다는 빨리 오라고 손짓하는 유혹 그 자체였다.

　바다의 유혹에 매료된 친구들이 절벽 끝으로 다가가 푸른빛 반짝이는 바다를 향해 날개를 폈다. 루키도 절벽 끝에 올라서 무심코 발밑을 보았다. 까마득한 절벽 아래 검은 갯바위에 부서진 파도가 하얀 물보라를 토하며 출렁인다. 덜컥 겁을 먹고 한 걸음 물러섰다. 옆에서 지켜보던 엄마가 다독이며 용기를 북돋아 주었다.

　"겁내지 마. 멀리, 수평선을 보고 날개를 펴."

　과연 잘 해낼 수 있을까. 날지 못하고 떨어져 바위에 부딪히면 어떡하지. 의심과 두려움에 날개를 펼칠 용기가 고개를 숙였다. 하지만 먼저 바위섬을 떠나 파도타기를 즐기는 친구들과 어울려야 한다는 욕구가 더 강하게 끓어올랐다.

　수평선을 바라보며 날개를 펼치고 불어오는 바닷바람에 몸을 맡겼다. 순간, 날갯짓도 안 했는데 거짓말처럼 몸이 붕 떠올랐다. 엄마의 입에 물린 먹이를 얻기 위해 마지못해 땅바닥을 구르며 날갯짓하던 때와는 차원이 다른, 진정한 갈매기의 비행을 향한 첫 걸음을 뗀 것이다.

　바람의 힘을 빌려 떠오르기는 했으나 비행은 생각처럼 쉬운 게 아니었다. 흥분을 가라앉히고 날갯짓을 시작하려는 찰나, 어이없게도 맞바람에 떠밀려 중심을 잃고 자유 낙하하는 돌멩이처럼 수면을 향해 곤두박질쳤다. 갯바위에 부딪혀 피어나는 하얀 포말이 무서운 속도로 빠르게 다가온다.

그런데 이상하다. 조금 전까지 가슴을 짓누르던 두려움이 깨끗이 사라졌다. 오히려 짜릿한 쾌감이 전신으로 퍼졌다. 다시 정신을 집중하여 날개에 힘을 주고 균형을 잡았다. 이제는 날 수 있다고 자신하는 순간, 바다로 추락하고 말았다. 다른 녀석들이 부러워할 정도로 멋진 활공을 하고 싶었는데, 허무하게 물속으로 곤두박질 치는 처량한 신세가 되었다.

거꾸로 처박혀 허우적거리다 물도 한 모금 마셨다. 혀가 오그라들 만큼 몹시도 짜다.

"에푸프, 에푸푸."

입에 든 물을 뱉어내고 가쁜 숨을 몰아 쉬며 어렵사리 물 밖으로 고개를 내밀었다. 하늘도 바다도 온통 파란색, 어디가 하늘이고 어디가 바다인지 구분이 안 된다. 본능이 시키는 대로 허겁지겁 발을 굴러 균형을 잡았다. 서툴고 어설프기는 했지만, 어찌 됐든 바다로 날아들어 파도에 몸을 실었다. 해냈다는 희열에 가슴이 벅차다. 주위를 둘러볼 여유도 생겼다. 느긋하게 파도를 타며 상쾌한 기분을 만끽했다. 바다에서 살아남으려면 눈에 보이는 두려움을 떨치고 몸으로 부딪히는 자신감이 필요하다는 엄마의 말을 실감했다.

루키의 추락을 지켜본 친구들이 주위로 모여들었다.

"깔깔깔" "히히히" "낄낄낄"

웃음도 가지가지다.

'지들은 안 그랬나!' 루키는 주위로 다가오는 친구들을 향해 물장구를 날렸다.

"니들도 처음엔 다 그랬잖아."

"어쭈, 해 보자 이거지!"

맞받아 물장구를 날리며 다가드는 녀석들과 신나게 어울렸다. 누군가 수면을 차고 오르면 이유도 모르는 채 우르르 몰려가 또다시 뒤엉켜 어울리고, 가지고 놀 만한 물건이 눈에 띄면 서로 뺏으려 물고 뜯었다. 자연스럽게 수영에 익숙해지고 수면을 차고 오르는 방법도 터득하였다. 날 수 있다는 자신감도 따라붙었다. 이제는 둥지에서 기다리며 어미가 먹이를 물려 주기만 기다리는 어린 갈매기들이 아니었다. 먹이를 물고 오는 어미가 보이면 재빨리 수면을 차고 올라 낚아챘다.

"루키야, 이리 와. 여기 올라와 봐."

낯익은 목소리에 고개를 돌렸다. 옆 둥지 녀석이 이상한 물건 위에 올라앉아 있었다.

"어? 이게 뭐야? 어디서 났어?"

"이거? 어부들이 고기 잡을 때 쓰는 부위라는 건데 저기 바위틈에 걸려 있다 떠내려오길래 올라탄 거야."

녀석이 자랑스럽게 대답했다. 자세히 살펴보니 표면엔 물때가 끼어 거무튀튀하게 색이 바랬고, 부위 끝에 엉겨 붙은 그물엔 파래가 잔뜩 달라붙어 흐느적거리는 모양이 너울에 반사되어 음습한 기운이 감돌다. 마치 검은 유령의 손짓 같아 선뜻 올라서기가 꺼림칙하다.

주위만 맴돌며 망설이는 루키를 보고 녀석이 다그쳤다.

"에이, 이 쫄보 겁쟁이! 빨리 안 올라오고 뭐 해."

마음이 내키지 않지만 쫄보라는 놀림을 받기 싫어 억지로 녀석 옆으로 뛰어올랐다. 이끼 낀 표면은 생각보다 더 미끄러웠다. 날개를 퍼덕여 간신이 중심을 잡았다. 낄낄거리는 녀석이 폴짝폴짝 뛰며 일부러 부위를 흔들어 대는 바람에 뒤뚱거리다 중심을 잃고 미끄러져 바다로 빠졌다. 오기가 뻗쳤다. 재빨리 다시 뛰어올라 녀석을 물속으로 밀어 넣었다. 녀석이 그랬던 것처럼 똑같이 낄낄거리며 물에 빠져 허우적거리는 녀석을 놀려 주었다. 둘이 장난치는 것을 지켜보던 다른 갈매기들이 몰려들었다. 서로 가운데 자리를 차지하려고 밀고, 당기고, 매달리고, 바다로 떨어지고, 난장판이 따로 없다.

정신없게 보낸 하루가 저물 무렵, 누군가가 다급하게 소리쳤다.

"애들아! 위험해. 빨리 도망쳐."

깜짝 놀라 고개를 돌렸다. 거대한 고깃배가 거칠게 파도를 가르며 쏜살같이 달려든다. 한순간에 새끼 갈매기들의 놀이터가 아수라장으로 바뀌었다.

"비켜, 비켜" "야, 밀지 마"

먼저 도망치겠다고 아우성이다. 부딪히고, 밀리고, 파도에 쓸렸다. 루키도 돌진해 오는 배를 피해 달아나며 날개를 펼쳤다. 간신히 수면을 차고 날아오르려는 찰나, 그물에 매달린 낚싯줄에 발목이 걸렸다. 기우뚱, 중신을 잃고 물속으로 처박혔다. 밖으로 고개를 내밀었을 땐 이미 늦었다. 고깃배가 코앞까지 다가와 피할 겨를이 없다. 철썩, 쏴아아, 뱃머리에서 뿜어내는 물보라가 머리 위로 쏟아졌다. 이번엔 물보라에 떠밀린 찢어진 그물 자락이 날개를 휘감았다.

  정신이 아득하다. 마음대로 움직일 수도 없다. 중심을 잃고 회오리치는 물결 속으로 속절없이 빨려 들었다. 고깃배의 엔진 소리가 쿵쾅쿵쾅 천둥처럼 울린다. 소용돌이는 더 거칠어졌다. 있는 힘을 다해 발버둥 치지만 모두 허사였다. 오히려 낚싯줄에 매달린 녹슨 낚싯바늘이 발목 깊숙이 파고들어 고통만 커졌다. 아무리 애써도 벗어날 도리가 없다. 엄마도, 친구들도, 수면을 떠도는 하얀 포말 속으로 멀어졌다. 끼이룩, 끼이룩, 멀리서 울려오는 어미의 서글픈 외침만이 메아리처럼 귓가에 맴돌았다.

  탈진한 몸뚱이가 물결이 떠미는 대로 캄캄한 어둠 속을 떠돈다. 생기 잃은 동공에 비친 밤하늘엔 별들이 가득하다. 물에 젖은 깃털 사이로 별빛만큼이나 차가운 한기가 파고들었다. 어디로 얼마나 떠내려왔는지 가늠할 수도 없다. 흐릿하게 정신이 돌아왔지만 살아야 한다는 의지도 별빛만큼이나 차갑게 식어 갔다.

  제대로 날아 보지 못했는데, 이렇게 허무하게 끝나는구나! 포기하려는 순간 어둠을 헤집으며 귀에 익은 소리가 들려왔다. 밤마다 바위산 너머에서 자장가처럼 들려오던 소리, 파도가 바위에 부딪치는 소리다. 귀를 기울여 거리를 가늠해 보았다. 다행이 멀지 않은 곳에서 철썩거린다.

  살 수 있다는 희망이 생겼다. 호흡을 가다듬고 있는 힘을 다해 수면을 박차며 날개를 퍼덕였다. 날아오르나 싶었지만 마음일 뿐, 날개를 휘감은 그물 때문에 제대로 떠오르지 못하고 거친 바다로 맥없이 나뒹굴었다. 마지막 남아 있던 기력마저 빠져나가 의식은 희미해지고 저절로 눈이 감긴다. 희망으로 다가왔던 파도 소리도 가물가물 멀어졌다. 참으로 허무하게 막을 내린 첫 비행이다.

온몸을 파고드는 한기에 정신이 돌아왔다. 밤새도록 끔찍한 악몽에 시달리느라 머릿속이 몽롱하다. 혼미한 의식을 가다듬고 눈을 떴다. 이럴 수가, 외딴곳이다. 꿈이길 바랐는데, 깨어나면 안개처럼 사라지는 꿈이었기를 간절히 바랐는데, 아니었다. 몽둥이 찜질을 당한 듯 전신이 욱신거린다. 날개도 마음대로 움직이지 않는다. 억지로 일어나려 애쓰면 애쓸수록 그만큼 고통만 더했다. 누운 채 고개를 돌리다 옆에서 지켜보는 낯선 비둘기와 눈이 딱 마주쳤다.

"으악."

소스라치게 놀라 절로 비명이 터졌다.

"괜찮아 놀라지 마. 많이 다친 거 같은데 일어날 수 있겠어?"

비둘기가 차분한 어조로 루키를 안심시켰다.

"몰라. 너무 아파서 움직일 수가 없어."

말만 해도 온몸을 콕콕 찌르는 고통에 저절로 눈살이 찌푸려진다. 몸은 한 군데도 성한 곳 없는 만신창이다. 다리에는 낚싯바늘이 깊숙이 박혀 있고 주위엔 검은 피딱지가 눌러 붙었다. 그물에 휘말린 한쪽 날개는 바짝 오그라들어 움직이질 않는다. 물에 젖은 깃털은 너덜너덜하게 흐트러져 금방이라도 빠져 버릴 듯 위태롭기 짝이 없다. 이런 몸으로는 날기는 고사하고 영영 일어서지 못할지도 모른다.

체념한 루키를 비둘기가 어루만졌다.

"아파도 조금만 참아."

비둘기는 조심조심 날개를 옥죄고 있는 그물을 풀어내고 다리에 박힌 낚싯바늘을 빼냈다. 미늘에 걸린 살점이 바늘 끝에 묻어나왔다. 극심한 고통에 식은 땀이 흐른다. 살갗이 찢어진 자리에선 검은 피가 흘러나온다. 피가 멈추기를 기다려 몸을 추스르며 억지로 일어나려 애쓰지만 다리에 힘이 풀려 제대로 설 수가 없다. 옆에서 지켜보던 비둘기가 비틀거리는 루키를 부축해 주었다.

"고마워."

비둘기의 도움 덕분에 간신히 일어나 앉았다.

"이리 와. 내가 깃털 고르는 거 도와줄게."

물에 젖어 헝클어진 깃털을 햇볕에 말려 가며 한 올 한 올 정성을 다해 다듬었다. 악몽에서 벗어나 오랜만에 누리는 평온한 시간이다. 그러나 그것도 잠시. 비둘기가 깃털을 고르다 말고 갑자기 루키를 바다로 밀어 넣었다. 깜짝 놀란 루키가 물 밖으로 고개를 내밀고 소리쳤다.

"뭐야? 왜 그래?"

비둘기도 다급하게 날아올랐다.

"미안, 미안. 여긴 시도 때도 없이 들고양이들이 나타나 해코지하니까 항상 조심해야 돼."

비둘기는 폐그물이 수북이 쌓인 쓰레기 더미를 가리켰다. 비둘기 말대로 고양이 두 마리가 쓰레기 더미에 올라앉아 날카로운 눈으로 루키를 노려보고 있었다. 비둘기가 아니었다면, 생각만해도 등골이 오싹하다.

"난 수영을 못 해 물에 들어갈 수가 없으니 이만 돌아갈게. 몸이 좋아지면 저기 저 부둣가로 놀러 와."

비둘기는 기약 없는 작별 인사를 남기고 떠나갔다.

해가 중천으로 떠올랐다. 몸이 어느 정도 회복되니 배가 고프다. 허기진 배를 채우려면 스스로 먹이를 구해야 한다. 본능이 시키는 대로 수면 위를 낮게 활공하며 물고기를 찾았다. 하지만 물이 탁하고 수면을 떠다니는 쓰레기가 시야를 가려 아무것도 보이지 않는다.

사냥을 포기하고 더 높이 날아올랐다. 멀지 않은 곳에 비둘기가 날아가며 얘기한 부두가 보였다. 갈매기들도 떼를 지어 날아다닌다. 갈매기 떼를 보며 그곳엔 먹이가 있을 거라는 막연한 기대를 품고 방향을 돌렸다.

부둣가는 지금까지 살던 바위섬과는 전혀 딴판이다. 수많은 사람들과 비둘기, 갈매기들이 뒤엉켜 눈이 어지럽다. 이렇게 복잡한 곳에서 아침에 만났던 비둘기를 찾기란 불가능해 보인다. 포기하고 돌아서는데 물가에서 복작거리는 갈매기들이 시선을 끌었다. 과자를 던져 주는 아이 손에 커다란 새우가 그려진 봉투가 들렸다. 처음 둥지에서 나온 날 친구들과 가지고 놀았던 그 봉투였다.

가까이 다가가긴 했지만 먹이를 받아먹는 무리에 끼어들기가 부담스러워 조금 거리를 두고 내려앉았다. 바닥에 발이 닿는 순간 극심한 고통이 밀려왔다. 몸을 가누기도 힘들다. 낚싯줄에 걸려 찢어진 물갈

퀴 때문에 중심이 흐트러져 똑바로 걸을 수도 없다. 한 발로 깡총거려 보지만 불편하기는 마찬가지다. 마음대로 움직일 수 없으니 무리에 섞여들 엄두가 나지 않는다. 끼어들지 못하고 보고만 있자니 착잡하고 참담하다. 절룩거리는 루키를 발견한 아이가 손을 멈추고 루키가 있는 곳으로 뛰어왔다.

"야! 이거 먹어."

아이가 과자를 한 움큼 꺼내 던져 주었다. 루키가 멈칫거리는 사이 다른 갈매기들이 순식간에 몰려들어 잽싸게 낚아챘다.

"야. 니들은 저리 가."

아이가 발길질로 다른 갈매기들을 물리치고 한 움큼을 더 꺼내 루키 발치에 뿌려 주었다. 주위를 맴돌며 기회를 노리던 다른 갈매기들이 우르르 달려들었다. 루키도 허기를 달래려고 얼른 과자 하나를 주워 물었다.

달달하다. 그렇다고 맛있는 건 아니다. 느끼한 게 삼키기도 까탈스럽다. 다른 갈매기들은 잘도 주워 먹는다. 남이 물고 있는 것까지 빼앗아 먹겠다고 물고 뜯는다. 루키는 소동에 떠밀려 또다시 한 걸음 물러나야 했다.

뚜우, 뚜우, 뚜우. 소란을 잠재우는 뱃고동이 울렸다. 아이 주위를 맴돌던 갈매기들이 기적이 울린 배를 향해 우르르 몰려갔다. 갈매기들이 떠나자 아이도 흥미를 잃고 돌아섰다. 루키는 또다시 홀로 남았다.

바위섬이 그립다. 엄마와 친구들이 눈에 어른거린다. 날개를 펴려는 순간 귀에 익은 목소리가 들렸다.

"루키야. 거기서 뭐 해?"

아침에 루키를 도와준 비둘기다.

"응, 너 보려고 와 봤는데 여긴 너무 복잡해. 아무래도 빨리 바위섬으로 돌아가야 할 거 같아."

"몸도 불편한데 잘 찾아갈 수는 있겠어?"

비둘기의 말 속에 진심 어린 걱정이 가득하다.

"어렵고 힘들겠지만 여기 있는 것보다는 나을 거야."

루키가 돌아서며 고마운 마음을 담아 마지막 인사를 남겼다.

"너를 만난 게 행운이야. 그동안 고마웠어."

"잘 가. 또 놀러 와."

비둘기도 아쉬운 마음을 전했다.

비둘기의 작별 인사를 뒤로하고 바다를 향해 날개를 폈다. 파도를 넘어오는 바람을 타고 날아올라 맑게 갠 하늘로 솟구쳤다. 파란 바다가 내려다보인다. 시원하다. 걱정도 두려움도 깨끗이 사라졌다. 석양에 반짝이는 수평선을 바라보며 내일을 향해 힘찬 비행을 시작했다.

제로섬의 주민들

목마른 물까마귀

　물까마귀 한 쌍이 제비골로 날아들었다.
　제비골은 개울가에 수풀이 우거져 곤충이 살기에 적합하고 물에는 수생 유충이 풍부해 봄이 되면 수많은 새들이 모여들어 둥지를 틀고 새끼를 키우느라 활기가 넘치는 낙원이었다. 날이 더워지면 제비들이 날아와 물수제비를 뜨며 논다고 해서 제비골이 되었다는 얘기가 있을 정도로 수량도 넉넉했다.
　그러나 올해는 상황이 다르다. 개울엔 물이 마르고 수풀은 시들어 힘없이 고개를 숙였다. 개울 한가운데 드러누운 넙적바위는 아무리 가물어도 맑은 물이 발목까지 차올라 물까마귀들이 사냥하기에 최적의 장소였다. 그랬던 넙적바위마저 물이 말라 흙먼지만 노랗게 내려앉았다.
　철 늦은 봄비가 내리지만 깃털조차 적시지 못하는 가랑비로는 말라 버린 개울에 물을 채우고 메마른 수풀에 생기를 불어넣기엔 턱없이 부족하다.
　주변을 둘러봐도 희망은 요원하다. 바닥을 드러낸 개울엔 거친 자갈만 뒹군다. 개울가 돌들을 파랗게 물들이던 이끼는 검게 타 버려 밟힐 때마다 버석거린다. 기대했던 낙원은 사라지고 흉측한 몰골만 남았다. 때 이른 더위에 계곡 전체가 후끈 달궈져 얼마 안 되는 빗방울도 갈무리하지 못하고 뿌연 수증기로 뿜어내 숨쉬기조차 거북하다. 마치 화마가 지나간 잿더미에서 스멀스멀 피어나는 유독성 가스를 들이마신 듯 숨이 막힌다.

혹시나 하는 마음에 부슬부슬 내리는 비를 맞으며 개울가를 서성여 보지만, 아무리 기다려도 물이 불어날 기미가 보이지 않는다. 이대로는 둥지를 틀고 알을 품는다 해도 새끼들에게 먹일 먹이를 구할 길이 없다.

간절한 기원을 담은 눈으로 바라보는 하늘은 실망만 더했다. 산등성 너머 동쪽에는 옅은 구름 사이로 간간이 햇살이 어른거린다.

"하아아~"

원망 어린 탄식이 저절로 새나왔다.

"올해는 작년보다 더 심한 거 같죠?"

옆에서 지켜보는 어미의 목소리에 수심이 가득하다.

"그러게 말이야."

"그래도 봄인데, 둥지는 틀어야 하지 않겠어요?"

"그래야겠지."

건성으로 대답하는 아비의 목소리도 맥 빠진 한숨으로 변질되었다.

봄날의 행복을 꿈꾸며 즐거워야 할 부부의 대화가 근심으로 가득하다. 그도 그럴 것이 눈앞에 펼쳐진 광경이 지난해 겪은 끔찍한 악몽을 되새기게 만들었기 때문이다. 다 지나간 일이라고 되뇌며 아무리 잊으려 애써도 깊게 자리 잡은 아픈 기억이 지워질 리 만무하다. 그렇다고 희망까지 버릴 수는 노릇, 억지로라도 힘을 내야 한다. 아비가 일부러

밝은 목소리로 분위기를 띄웠다.

"다행히 둥지를 지을 마른 풀과 이끼는 지천으로 깔렸으니 다른 걱정은 접어 두고 우선 집 지을 장소나 찾아 봅시다."

가느다란 희망의 끈을 잡고 집 지을 장소를 찾아 나섰다. 그러나 계곡을 오르며 마주치는 광경을 대하니 저절로 눈살이 찌푸려진다. 물이 마른 개울은 거친 바닥이 그대로 드러났고, 폭우에 굴러 내린 볼썽사나운 바위들이 널브러져 물길조차 가늠하기 힘들다. 우거진 숲이 있어야 할 산허리는 산사태로 무너진 토사에 휩쓸려 검붉은 맨살을 드러낸 채 풀 한 포기 자라지 못하는 황무지로 변했다. 지난해 때 이른 장마와 함께 들이닥친 집중호우라는 수마가 할퀴고 간 흔적들이다.

산사태가 지나간 자리, 뿌리를 드러낸 채 벼랑 끝에 거꾸로 드러누운 고목나무를 발견한 부부가 동시에 날개를 접었다. 고목 옆 바위 밑이 지난해 둥지를 틀었던 자리다. 애써 기른 새끼들을 폭우에 빼앗긴 아픈 상처가 남은 자리, 기억하는 것 자체가 고통이지만 그냥 지나칠 형편도 못 된다. 사냥터가 한눈에 내려다보이는 최적의 위치라 쉽사리 포기하기에는 아쉬움이 너무 크다. 근처에 자리를 잡으려 해도 주변의 나무들이 모두 토사에 휩쓸려 가 기댈 곳 하나 없다. 그렇다고 물가를 떠나 깊은 숲속에 둥지를 틀 수는 없는 일, 아쉬움을 뒤로하고 계곡 상류로 조금 더 올라가 자리를 찾았다.

"저곳이 괜찮아 보이는데 당신 생각은 어때요?"

어미가 나뭇가지에 살짝 가려진 바위 틈을 가리켰다.

둘은 어미가 가리킨 바위로 날아갔다. 계곡 전체가 훤히 내려다보인다.

"괜찮은데, 물가에서 멀지도 않고."

자리를 정하니 둥지를 틀기는 어렵지 않았다. 근처에 마른 풀과 이끼가 지천이라 힘 안 들이고 튼튼하고 안락한 둥지를 지을 수 있었다. 가뭄에 말라 버린 풍요를 대신한 반대급부로 누리는 혜택이라니, 아이러니가 아닐 수 없다.

피난민들

봄이 무르익어 살랑거리는 봄바람이 시원하게 느껴지기 시작한 오월의 끝 무렵. 둥지 곁에 마주앉아 한가로이 즐기는 물까마귀 부부의 휴식은 그리 오래가지 못했다.

둥지에서 마주 보이는 계곡 건너편, 억새 밭 언저리에 스며나는 작은 샘터로 외지 새들이 떼 지어 날아든 것이다. 자세히 살펴보니 박새, 할미새, 방울새 같은 인가 주변이나 야산에서 주로 생활하는 텃새들이다. 그런데 비틀거리고, 눕고, 토하고, 하나같이 몰골이 말이 아니다. 더구나 평소에는 왕래가 뜸한 깊은 산속까지 몰려와 법석을 떠는 게 아무래도 이상하다.

아비가 궁금증을 참지 못하고 샘터로 다가갔다.

"무슨 일을 당했기에 몸들이 그러세요?"

"우리는 저 산 너머 마을 근처에 모여 살다 쫓겨 왔어요."

다른 새들보다 조금은 몸 상태가 좋아 보이는 박새가 뒷산 너머를 가리켰다.

"쫓겨나다니, 누구한테요?"

"누구긴 누구겠어요. 인간들이지."

"아니, 왜요?"

무엇을 직감했는지 아비의 표정이 어두워졌다. 옆에서 듣고 있던 할미새가 구토를 멈추고 비틀거리며 다가와 언성을 높였다.

"맞아요. 그놈의 골프장인가 뭔가를 만든 못된 놈들에게 쫓겨난 거지."

할미새는 움직일 때마다 깡충거려야 할 꽁지깃이 축 늘어질 정도로 맥이 풀려 말하기도 힘들어 보인다.

"골프장요?"

아비가 이해할 수 없다는 듯 고개를 갸웃거리자 박새가 자초지종을 설명했다.

"우리가 살던 마을 근처 안산은 산세가 험하지 않고 옆에는 조그만 개울이 흘러 참 살기 좋았었지요. 그런데 몇 년 전, 인간들이 몰려와 온 산을 파헤치더니 골프장을 만들었는데, 그게 이 사태를 불러온 겁니다."

"왜, 골프장에 무슨 문제가 있었나요?"

"말도 말아요. 나무를 베어내고 숲을 파헤친 건 그렇다 쳐도, 잔디를 기른다고 지하수를 얼마나 많이 퍼 쓰는지, 개울물까지 말라 버렸지 뭐예요."

할미새도 한마디 거들었다.

"그뿐인 줄 알아요. 농약은 또 얼마나 뿌려 대는지…"

아비가 귀를 쫑긋 세웠다.

"그래서요?"

"개울물이 말랐으니 골프장 가운데 사람들이 만들어 놓은 연못가에서 물도 먹고 깃도 고르며 벌레를 잡아먹었는데, 그게 화근이 된 거예요. 물도 풀도 벌레도 모두 농약투성이니 그걸 먹은 우리라고 무사했겠어요. 알게 모르게 중독된 거지. 여기로 오는 도중에도 여럿이 버티지 못하고 숨을 거둘 정도였으니까요."

"고생이 심하셨네요."

아비가 침울한 어조로 그들을 위로했다.

"작년에 이사 왔던 물까마귀가 떠날 때 같이 떠났으면 이 꼴은 안 당했을 텐데."

할미새가 한숨 석인 탄식을 늘어놓았다.

"예? 누가 이사 왔다 왜 떠났는데요?"

물까마귀라는 말에 아비가 깜짝 놀라 되물었다.

"작년 초에 젊은 물까마귀 부부가 이사 와서 개울가에 둥지를 틀었는데, 개울물이 마르니 어쩔 수 없이 둥지를 버리고 떠났지요. 물까마귀는 물이 흐르지 않으면 새끼들에게 먹일 먹이를 구할 수가 없잖아요. 그러니 품고 있던 알까지 버리고 떠날 수밖에…"

"하아아~ 여기도 점점 개울물이 말라 가 걱정이 말이 아닌데."

아비의 한숨이 깊어졌다.

이야기를 나누는 사이 여유를 되찾은 박새가 주위를 둘러보며 다른 새들에게 자기의 의견을 제시했다.

"여긴 작지만 샘도 있고 아직은 수풀도 우거졌으니 일단 이곳에 자리를 잡는 게 어떻겠소?"

박새의 제안에 다른 새들이 고개를 끄덕였다.

조용하던 계곡이 자리를 찾아 둥지를 트는 새들로 분주해졌다. 겉보기엔 활기가 넘치는 것 같지만 표정들은 밝지 못하다. 재앙을 피해 어쩔 수 없이 타지로 이주한 피난민 신세, 생존을 위한 어쩔 수 없는 선택이 달가울 리 없다.

계절의 시계에 맞춰 알을 품고 새끼를 키우려면 망설일 틈이 없다. 서둘러 각자에게 알맞은 장소에 자리를 잡았다. 좁은 계곡이지만 서로의 어려운 처지를 잘 알기에 자리 다툼은 일어나지 않았다. 근처에 마른 풀도 충분하니 서로 먼저 차지하려고 경쟁할 필요도 없었다. 가뭄에 타 버린 자연이 남긴 역설적인 선물이다.

며칠 후, 예상 밖의 이주민 한 쌍이 더 늘었다. 이번에는 종달새다.

"아니, 종달이 아닌가! 들판에 있어야 할 자네가 여긴 웬일이야?"

할미새와는 이미 안면이 있는 듯하다.

"왜는 왜겠어? 자네들은 먹을 거 때문에 피해 왔지만 우리는 집 지을 자리를 뺏기고 쫓겨 온 거지."

"집터를 뺏기다니, 그게 무슨 말이야?"

"말도 마. 봄이 와도 들판에 농부들이 보이지 않아 이상하다 싶었는데, 며칠 전, 갑자기 못 보던 인간들이 무지막지한 장비를 몰고 들이닥쳐 들판을 전부 들쑤셔 놨으니 둥지를 틀 자리가 있어야지. 허 참, 아파튼지 뭔지 자기들 살 집 짓겠다고 난리 치는 통에 애꿎은 우리들이 쫓겨난 거지."

들판의 풀밭에 둥지를 트는 종달새의 습성상 기르던 새끼까지 버리고 산으로 가겠다고 마음먹기가 쉽지 않을 터, 이 지경까지 내몰린 끔찍한 사정을 굳이 들을 필요도 없었다.

 다른 새들의 위로에 힘을 얻은 종달새 부부는 샘터 옆 나지막한 둔덕의 풀밭에 둥지를 틀었다.

멀리서 온 손님

 늦었지만 다시 알을 품고 새끼들을 키워야 한다. 해마다 봄기운을 만끽하며 희망을 키우던 일이 올해는 어쩔 수 없이 감내하는 숙명으로 바뀌었다.

 알을 품으며 새끼들의 부화를 기다리는 시간, 계곡과 숲이 조용해졌다. 겉으로는 평화를 찾은 듯하다. 그러나 속을 들여다보면 암울한 기운이 감돈다. 미래가 불확실한 강요당한 평화에서 포근한 안식을 기대하기에는 마주친 현실이 너무 버겁다.

 불길한 예감은 빗나가지 않는다고 했던가. 며칠 지나지 않아 또 다른 이주민이 찾아왔다. 이번엔 한 쌍의 제비였다.

 제비가 계곡을 찾는 일이 흔하지도 않지만, 낮게 비행하며 먹이 활동을 하는 제비가 어쩐 일인지 높이 날아올라 샘 주변을 맴돌았다. 이상히 여긴 주민들이 모여들었다. 한참을 맴돌며 주변을 살피던 제비가 샘으로 내려왔다.

 숲속 식구들과는 생김새도 습관도 판이한 이방인이다. 그렇다고 경계할 대상은 아니다. 단지 불안한 점이 있다면, 샘터에 모인 피난민 모두가 자기들이 겪은 아픈 사연을 제비에게서 직감했다는 것이다.

박새가 다가가 조심스럽게 말을 걸었다.

"무슨 안 좋은 일을 당하신 거 같은데…"

"네, 저기…"

제비가 말을 잇지 못하고 머뭇거렸다. 삶의 터전을 사람들과 공유하는 공통점을 지닌 종달새가 나서 불안에 떠는 제비를 안심시켰다.

"괜찮아요. 우리들도 모두 전에 살던 곳에서 쫓겨 온 똑같은 처지니 어려워 말고 무슨 사정인지 편하게 말해 보세요."

제비가 조금 안심이 되는지 깊은 한숨을 토하며 그동안 겪은 일을 털어놓았다.

"우리는 달포쯤 전에 남방에서 돌아와 작년에 살던 집을 수리해서 새끼들을 키우고 있었어요. 그런데 먹이가 줄어든 것은 그렇다 쳐도… 휴우우."

말을 멈추고 깊은 한숨을 토하는 제비 눈에 그렁그렁 눈물이 맺혔다.

"무슨 큰 일을 당했나 보네요?"

종달새가 걱정스럽게 물었다.

"네, 며칠 전 먹이를 찾으러 나갔다 돌아와 보니 처마에 있던 집과 새끼들이 감쪽같이 사라져 버렸어요. 새로 이사 온 사람이 저녁이면 우리 새끼들이 시끄럽게 굴고 지저분하게 똥을 싼다고 불평하던 말이 떠올라 가슴이 철렁했지요."

굳이 확인하지 않아도 어떤 일이 벌어졌는지 눈에 선하다. 너무나 끔찍하다. 아무도 입을 열지 못하고 거친 한숨만 몰아쉬었다.

"그런데, 저… 부탁이 하나 있는데…"

마음을 추스른 제비가 할 말이 있는 듯하다.

"네, 말씀해 보세요."

"다름이 아니라 샘 주위에 남은 진흙으로 이 근처에 집을 지을까 해요. 사람 사는 마을에서 다시 집을 지으려 했지만, 대부분 처마가 없는 밋밋한 건물이라 비를 피할 만한 장소도 없고, 온 천지가 아스팔트와 시멘트로 덮여 있어 집 지을 진흙을 구할 수가 있어야지요."

반대할 이유가 없다. 우선권을 내세워 갑질을 부리는 종류는 인간들 하나면 족하다. 오히려 종달새가 나서 집 지을 장소까지 알려 주었다.

"내가 며칠 전 본 게 있는데, 저 절벽 중간에 바위가 떨어져 나간 자리가 있어요. 거기에 집을 지으면 바람도 잘 통하고 비도 피할 수 있을 거 같으니 한번 가 보세요."

제비는 종달새가 추천한 절벽 바위틈에 자리를 잡았다.

끝나지 않은 시련

알들이 부화를 시작했다. 먹이를 보채는 새끼들의 아우성으로 숲이 깨어나 활기가 돌았다. 쉴 새 없이 먹이를 나르는 어미들의 몸놀림에도 조금씩 희망의 싹이 자라났다.

그러나 그마저도 잠시, 여느 때 같으면 당연한 일상으로 즐겨야 할 봄날의 행복이 한 순간에 무너졌다. 종달새의 찢어지는 비명이 샐녘의 숲을 긴장으로 몰아넣은 것이다. 새벽 잠에서 깨어난 새들의 지저귐이 일시에 뚝 그쳤다. 평온한 고요가 아닌, 부담스러운 적막이 숲을 채우고 계곡으로 흘러내렸다.

　아비가 조심조심 샘터로 날아갔다. 난장판이다.

　갑자기 들이닥친 멧돼지들이 뒹구는 샘 주위는 진흙탕으로 변했고, 종달새의 보금자리는 멧돼지의 발굽에 짓밟혀 형체조차 사라졌다. 둥지 옆에서 울부짖는 종달새를 차마 마주 볼 수가 없었다.

　난장질을 벌이던 멧돼지 무리가 우르르 덤불 숲으로 몰려갔다. 처절하게 부르짖으며 멧돼지를 쫓아 덤불 속으로 쫓아간 종달새의 울음이 한 순간에 뚝 그쳤다.

　아비가 샘터를 맴돌며 한참을 기다렸지만 종달새는 돌아오지 않았다.

　잠시 찾아든 숲의 활기가 고개를 숙였다. 숙명처럼 먹이를 물어 나르는 어미새들의 날개에 힘이 빠졌다. 계곡을 짓누르는 무형의 암운에 주눅 들어 어쩌다 마주쳐도 대화조차 꺼리는 음울한 숲으로 바뀌었다.

　며칠 지나지 않아 먹구름이 하늘을 뒤덮었다. 분위기가 수상하다. 점점 짙게 뭉치는 먹구름 사이로 번쩍이는 마른 번개와 우르릉거리는 저음의 천둥소리가 가슴 깊이 묻어 둔 악몽을 되살렸다.

　지난해 그날도 똑같았다. 계곡을 뒤덮는 먹구름, 기분 나쁜 마른 번개, 병든 맹수의 신음을 연상시키는 저음의 천둥소리. 아차 싶은 순간 폭포처럼 쏟아부었다. 그리고 순식간에 계곡을 휩쓸고 지나갔다. 물까마귀 부부는 대비할 겨를도 없이 소용돌이에 휘말리는 둥지와 새끼들을 눈물로 지켜보아야 했었다.

　아비는 서둘러 둥지로 돌아가 주변을 살폈다. 어느 한 곳 안전을 장담할 만한 피난처가 눈에 띄지 않는다.

번쩍, 콰과광. 천둥소리가 고막을 찢으며 계곡을 뒤흔들었다. 놀란 새끼들이 품속으로 파고들었다. 악몽이 시작된 것이다. 거센 빗줄기가 숲을 할퀴고 물길의 소용돌이가 계곡을 휩쓴다. 천둥이 우르릉거릴 때마다 땅이 흔들린다. 나무가 부러지고 바위 구르는 소리는 공포 그 자체였다. 새들은 둥지에 숨어 빨리 악몽이 지나가기만 기다렸다.

시작할 때처럼 끝도 순식간에 찾아왔다. 언제 비가 내렸냐는 듯 날이 개었다. 개울물도 금방 줄어들었다. 그러나 비가 그쳤다고 악몽이 끝난 게 아니다. 이제부터 시작이라는 것을 아비는 지난여름의 경험을 통해 알고 있었다.

개울가를 둘러보았다. 폭우에 휩쓸린 개울에는 거친 물살에 떠내려온 돌들이 나뒹군다. 연약한 생명들이 살아갈 환경이 아니다. 새끼들을 먹여 살릴 길이 막막하다. 그렇다고 다른 곳으로 이사를 갈 수도 없다. 다른 골짜기들도 모두 물길이 말라 살아남기 위해서는 이곳에 버티고 앉아 다른 새들처럼 풀벌레로 연명해야 할 처지다.

고개를 들었다. 무심한 하늘은 오늘도 파랗다. 마지막 희망마저 잃어버린 피난민들의 원망서린 절규가 공허한 메아리로 돌아와 제비골 골짜기에 넘쳐흐른다.